KB168531

환자가 경전이다

황금알 시인선 85

환자가 경전이다

초판발행일 | 2014년 6월 30일

지은이 | 김대곤 외
　　　　한국의사시인회 편
펴낸곳 | 도서출판 황금알
펴낸이 | 金永馥
주　간 | 김영탁
디자인실장 | 조경숙
제작진행 | 칼라박스
주　소 | 110-510 서울시 종로구 동숭동 201-14 청기와빌라2차 104호
물류센타(직송 · 반품) | 100-272 서울시 중구 필동2가 124-6 1F
전　화 | 02)2275-9171
팩　스 | 02)2275-9172
이메일 | tibet21@hanmail.net
홈페이지 | http://goldegg21.com
출판등록 | 2003년 03월 26일(제300-2003-230호)

ⓒ2014 한국의사시인회 外 & Gold Egg Publishing Company Printed in Korea

값은 뒤표지에 있습니다.

ISBN 978-89-97318-71-1-03810

*이 책 내용의 전부 또는 일부를 재사용하려면 반드시 저작권자와 황금알
　양측의 서면 동의를 받아야 합니다.
*잘못된 책은 바꾸어 드립니다.
*저자와 협의하여 인지를 붙이지 않습니다.

환자가 경전이다

한국의사시인회 시집

황금알

한국의사시인회
첫 작품집이 나왔을 때
모 시인은 의사라는 말에
어떤 의사는 시인이라는 말에
비가역적 알레르기 반응을 나타냈다
이 생소한 면역반응을 해소하지 못한 채
두 번째 작품집을 선보인다

인터넷과 스마트폰을 가지고
가열차게 21세기를 조명할 때
우리는 그저 내시경과 청진기로
삶의 이면을 들여다보았을 뿐이다

또 한 번 앓는다 해도 멈출 순 없다

한국의사시인회

차 례

김대곤

1953년 전북 남원시 천거동 출생
1979년 전북의대졸
1983년 내과전문의 및 소화기내과분과 전문의
1987년 전북대학교 대학원 졸(의학박사)
1989-1991 미국 MIT부속 Whitehead Ins
(화이트헤드연구소). Postdoc(박사후과정)
1992 오스트리아 과학아카데미 방문교수
1996년 홍익대학교 산업미술대학원 졸 (미술학석사)
1986년-현재 전북대학교 의과대학 내과학(소화기) 교수
1994년 청년의사 신춘문예 가작
1995년 전북도민일보 신춘문예 당선
1995년 『시대문학』 신인문학상 당선
2010-11년 전북대학교 의학전문대학원 원장
현 한국문인협회, 한국펜클럽, 한국사진작가협회 회원
시집 『기다리는 사람에게』『 그도시의 밤안개』『겨울 늑대』
『야광물고기』『파충류의 눈』『가방 속의 침묵』
E-mail: daeghon@chonbuk.ac.kr

국밥 한 그릇

중환자실에 야윈 얼굴로 산소마스크 쓴
이모부 상체 올리고 누워계시다
가쁜 숨 내쉬고 심전도 모니터에
파형은 조금 고르게 흐르다

대학 다닐 때 그때는 참 데모도 치열했는데
누구는 군대 최전방으로 잡혀갔고
누구는 안기부 지하실 끌려가 홀딱 벗기고 채찍 맞기
도 했다는
소문 무성했어

철없는 의예과 시절
젊은 혈기로 성토대회에 뛰어들어
데모대 교문 뚫고 시가지로 진입했다고
초승달 뜬 자정 무렵 경찰서 연행되었어
밤새워 추궁당하고 조서 쓰고 탈진한 아침
이모부 유치장 밖 불러내어 뜨거운 국밥 한 그릇 불러
주었지
그 눈물과 콧물이 뒤범벅된 국밥 한 그릇

국밥 그릇 감싸 안고
목메어 감사하다는 말할 수 없었어

훌쩍 몇십 년 지나 팔순이 넘는 이모부 침상에
의식 없이 누워계시다
까닭 없이 부끄러움만 남아
이모부 접니다 기대하고 아껴주셨는데
변변치 못한 사람 되어 죄송합니다
그러나 그때 그 국밥은 이 추운 겨울
당신이 남기신 뜨거운 유언이 되었습니다.

안변 프로젝트

순백색의 몸통
칠흑의 날개 깃
붉은 정수리
러시아, 중국, 몽골, 한반도와 일본에 서식하는
국제적 멸종위기종

북쪽의 안변 낙곡 남아있지 않아
겨울나던 두루미들
남쪽 철원 민통선 8㎞ 월남

철원평야 이젠 개발되고
언제가 두루미 안변 월동지로 되돌아가야
안변 유기농 풍년들면
비산협동 농장 두루미 내려앉겠지

갈령, 문덕, 금야 도래지에도
두루미 되돌려 보내야 하는데
코 큰 미국사람 대신
정작 조선사람들이 해야 할 일

가만히 불러본다.
김두르미 조선의 딸이나 손녀들에게 붙이기
아주 아름다운 이름아닌가

전화기

누구엔들 어떤 생을 지나왔는지
물어볼 수 있으랴마는
오늘 밤 운명으로 손금 하나
담쟁이넝쿨처럼 길어 난다

답신 없는 번호 외우고
재발신 다이얼 누르고
내 억지 신호가 제사장의
이마로 반복되는 저녁
세상을 고해하듯 엎드린 등 위에
퍼뜩 글썽이더니 떨어지는 불빛

꼬리를 찰싹 부치고 웅크린 뒤
묵음이 될 신음을
접고 접어 이별처럼 떨어내고 있나니

경건하지도 초췌하지도 않은 밤
책상 위 반쯤 서 있는
날카롭게 각진 불빛

가을밤의 유목하는 바람 소리에
귀를 잡힌다

서로 입 다문 언질들이 어둠에 젖어
그 무거운 주름이 접히듯
정원의 경계석이 되어
오랜 생각의 문을 닫는다.
문이 된다.

김춘추

1944년 경남 남해 출생
시집 『요셉병동』 『얼음울음』 『어린 순례자』 등이 있고
『등대, 나 홀로 짐승이어라』로 가톨릭 문학상 수상
1988년 등단하였으나 시인 면허증 반납
가톨릭 의과대학 조혈모세포 이식센터 소장 역임
가톨릭 의과대학 명예교수

海霧

수평선도
섬도
갈매기도

눈 감고 다 지워버렸지만

흰 갈퀴를 세우고
저승에서 달려오는
푸른 말 같은 떼 파도여

너의 울음만큼은 지울 수 없구나

꼭두새벽 허공에 서서
용이 못 돼 우는 내 울음 같아
이승에서는 도저히 지울 수 없구나

어린 순례자
— 읍내로 가는 길

생각 속에서는 육순 노인도 여섯 살배기 소년
이 될 수 있다
그래서 생각은 늦가을 신 새벽 한 사발의 찬 냉수와
도 같다

소년은 당산나무 밑을 지나 당산나무만치나 정정한 외
할마시
손잡고 실개천 흐르는 둑길을 가고 있다 소년의
실개천은 미꾸라지 미끼로 참게 흘리는, 실장어 커 어른
장어 되는, 암오리 등 올라타다 혼쭐난 이장댁 숫거
위 먼 산
보는, 섬진강 마냥 품 넉넉한 어무니 강이요 둘도 없
는 친구다

둑길을 지나 전라도 광양 땅이 빠끔히 보이는
신작로로 접어들면 소년은 달리고
달릴 줄만 아는 새끼 고라니이거나
노루 새끼이고 싶다 사십 리 길 신작로는
비단길이다 깜장 조약돌이 흑요석처럼 깔린

월곡을 돌아 꼬부랑 굽이를
몇 굽이 더 도니 오, 관음포!*

소년도 외할마시 따라 저보다 키가 큰, 성황당보다 영
험이
�썬 장군비석 앞에 지극정성으로 삼배를 올린 뒤
할마시, 어무니가 그러는데
장군 할부지가 살아 계신다면
왜놈이 우릴 못먹었을끼라카든데 그 말 맞나, 하는
사이 해는 중천에 높이 솟고 갈 길은 먼데 다리
는 천 근 이다.

옥수수 한 자라우와 고구마 두 뿌리로
허기 지우며
삼일만세 때 만세소리 맨 먼저 터진
탑동 장터를 지나간다
아직도 길은 이십 리나 남았다

시앗을 봐 속이 밴댕이 젓갈이 된 고모가 외아들

원용이랑 토끼 한 쌍과 조선닭 다섯 마리랑
텃밭처럼 같이 사는 도마고개를 넘다 바라보니
전어 뱃놈들 그것도 크다는 강진 바다에는
똑딱똑딱 또또또 똑딱 나무 망치 장단으로 전어
불러 전어 잡는 전어배는 눈 씻고도 보이지 않고

바지게로 져 나르던 새조개 새 되어 날아갔는지
새조개 씨가 마른 이어어를 뒤에 두니

아배의 할배와 그 할배의 아배가 줄줄히 묻힌
심천리가 코앞이다 아, 시방 아배는 집에 없다
대청마루에도 사랑방에도 없다 쌕쌕이가
남해 섬 상공을 휘젓던 날 오른손보다 왼손이
더 큰 아배는 자는 소년의 왼뺨을 쓰다듬어
주시고는 진양 산청을 거쳐 지리산으로
들어갔단다 그 풍문 쫓아 어무니도 집에 없다

이윽고, 작은 다리 큰 다리 건너 유림동이 손에
잡힐 때 풋콩 잘못 주워 먹고 세 살에 죽은

희자 누야 울음 같은 노을이 노을을 불러모아
서산 산자락에 내려와 앉아 있고 소년의
눈동자에는 어무니였음 좋겠다는 생각이 나는
이모 얼굴과 김 모락모락 나는 조개국과
먹어도 먹어도 안 물리는 콩국수가 어려 있다

고향은 칠순 노인도 일곱 살배기
소년으로 만드는 희한한 재주가 있다

* 관음포: 이순신 장군께서 전사하진 포구로 李

臥溫에 오면

우린 다 눕는다

늙은 따개비도 늙은 부루기도
늙은 늦가을 햇살도
눕는다
순천만이 안고
도는 와온에 오면
바람이 파도가 구름이
세월처럼 달려와
같이 눕나니

어쩌랴, 와온에 와
나 너랑 달랑게 되어
달랑게 되어
갯벌에
달랑 누운
따스한 이 눈물 자욱을

너

또한
어쩌랴…

* 부루기: 황소

이원로

1937년 출생
서울대학교 대학원 의학 박사
인제대학교 총장, 인제대학교 백중앙의료원 명예의료원장,
한국과학기술한림원 종신회원, 미국내과학회 자문위원(FACP),
미국 심장내과학회 자문위원(FACP),
미국 심장협회 자문위원(FAHA), 한국 내과 전문의,
한국 심장내과 분과 전문의, 미국 내과 전문의,
미국 심장내과 분과 전문의, 미국 노인병학 전문의,
서울대학교총동창회 종신이사
1989년 『월간문학』으로 등단
시집 『빛과 소리를 넘어』 『햇빛 유난한 날에』
『청진기와 망원경』 『팬터마임』 『피아니시모』 『모자이크』
『순간의 창』 『바람의 지도』 『우주의 배꼽』 『시집가는 날』
『Wedding Day』 『시냅스』 『기적은 어디에나』
E- mail: injesop@inje.ac.kr

삼월의 창

삼월의 창밖에서
꽃샘바람이 분다
가지들이 가냘피 떤다

잎망울이 눈만 내밀고
하늘을 훔쳐 살펴본다
개임인지 흐림인지 쉽지 않다

재빠르게 때론 지루하게
시간은 지나가고 다가온다
눈이 오나 비가 오나 바람이 부나

삼월은 움츠리고 힘을 모으는 때
심장과 뇌수도 움츠리고 기다린다
높이 뛰어오를 때를 놓치지 않으려고

빛살과 구름과 물줄기들이 곧
심장과 뇌수를 두드려 대리라
새 박동 속에 새 세상이 열리리라

추수

추수를 기다리는 펼쳐진 들로
논둑을 타고 안개가 깔려온다
추수를 서두르는 가슴 속에서
하늘과 땅의 기 싸움이 벌어진다

주위가 부산함은 때가 온 신호다
찬 강물이 깊숙이 흘러들어온다
언제인가 몰려온 찬바람이 덮친다
시간의 낙엽들이 떨면서 불려간다

때가 차 빛살은 휘어져 가는데
들려주어도 알아채지 못하고
들어내 주어도 구별할 줄 모르니
어느 때나 추수를 거둘 건가

긴 날의 기쁨

각도를 조금만 틀면
궤도를 살짝만 돌리면
보이지 않던 별이 보인다
들리지 않던 노래가 들린다

죽을 것 같지 않던 것이 죽는
짧은 날의 슬픔이 지나면
살 것 같지 않던 것이 살아나는
긴 날의 기쁨이 솟아오른다

기적 중의 기적
삶이 흐른다
신비 중의 신비
눈물이 흐른다

박언휘

시인, 수필가, 소화기내과전문의 , 경북대 의대, 의학박사
현)대구 박언휘 종합내과원장, 한국 노화방지 연구소 이사장
KBS 1 TV "아름다운 의사"(다큐멘터리)방영(2008년)
대한민국 사회봉사대상(2009년), 올해의 의사상(2007년)
2010년 월간 국보문학, 문학플러스(시, 수필 등단)
2012년 한국문학신문 신춘문예 시 부문 당선
한국문인협회 정회원 및 문학관건립추진위원
한국의사수필가협회 감사, 의사시인회 부회장
안행수필부회장, 한국의학문학협회부회장
한국노화방지연구소 이사장, 대구가정법률상담소 이사장
한국문학신문 논설위원, 한국일보 편집위원
(사)대한국보문인협회 부회장, 박언휘 종합내과 원장
저서 『박언휘 원장의 건강이야기』
동인지 『내마음의숲』 발간위원장
『숙명 박근혜, 그의 삶과 대한민국』그외 다수 공저
E-mail: odoctor77@naver.com

처방전

　가슴을 쥐어짠다는 이웃집 할머니에겐 심전도, 속이
따갑다는 박선생은 내시경, 기침 심한 한별이에겐 칭찬
과 코푸시럽, 화 못 다스려 속이 아픈 병원집 며느리는
차 한 잔과 하드록, 우울증에 빠진 몸짱 모델에겐 장미
꽃과 바리움, 불면증 심한 취업 준비생 영준씨에겐 시
한 편과 자낙스, 유방 절제술로 한쪽 가슴이 없는 보람
엄마에겐 힘 있는 악수와 셀렌Q……

　손을 씻고
　가슴을 열고

　늦은 밤
　불빛조차 지친 진료실에서
　나를 위한
　오늘의 마지막 처방전을 쓴다
　파릇한 시의 잉태를 위한,
　건강한 출산을 위한,
　습작習作 수액 주사
　용량 제한 없음

기도

눈을 뜨면 시작되는 아침이지만,
날마다 찬 가슴, 더운 가슴이 맞닿고,
고동치는 심장과 폐의 선산宣散소릴 들으며
작은 생명에도 경이로운 미소를 볼 수 있도록
기도하는 아침,
눈 감지만 이 시간은 기쁨입니다.

아침에 동공을 열면 들어오는 이 세상은
슬픔과 고통으로 가득할지라도,
나쁜 마음이 착한 마음으로 바뀌고
작은 상처 하나라도 생기生肌 돋아나도록
기도하는 아침,
눈 감지만 이 시간은 사랑입니다.

맑은 날 떠오르는 뭉게구름에
잡을 수 없는 환상을 날려 보내며,
높은 하늘과 푸른 산을 바라볼 수 있게
해주심에 감사하고,
청진기에 울리는 폐포음肺胞音을 들으며,

쿨럭이는 기침소릴 멎게 할 수 있는 일상을 주심에…

눈 감지만 이 시간은 축복입니다.

아침이면 들려오는 갖가지 소리들,
소음과 괴성을 참으며,
환자들이 호소하는 이명耳鳴에는 처방을 내리고,
오늘도 정성을 다해 치료하며
치유의 기쁨을 누리게 해주십사고
환자를 볼 때마다 기도하는 순간,
눈 감지만 이 시간은 평화입니다.

참사랑은 그대 안에 있습니다

먼 곳만 바라보았습니다
침묵하는 그대 안의 모습은 생각지도 못했습니다
당신도
나도
겉모습만 보는 줄 알았습니다
속은 보이지 않을 줄 알았습니다

잊고 싶은 것
버리고 싶은 것들은
모두 그 대 속에 있었습니다
가슴 타던 그리움마저도
그대 겉모습엔 없었습니다

정작 보아야 할 것은
숨기고 싶은 내면이었습니다
정돈되지 못한 부끄러운 속 모습
내 안의 나는,
그대 안의 우리는,
말 없는 눈짓으로 변치 않을 참사랑을 그립니다

그

속에서

참사랑은 인내와 용기를 얘기하고 있습니다.

정의홍

1956년 강원도 강릉 출생
서울의대를 졸업
인제의대 백병원에 재직
1992년 도미하여 하버드의대
매사추세츠안이비인후과병원과 스케펜스안연구소에서 근무
2000년 귀국하였다, 2003년 이후 서울에 개원하여 수술과
환자를 보는 틈틈이 시를 쓰고 있음
2011년 『시와 시학』으로 등단
시집 『홀로가 아니었다면 만나지 못하였을』
『나는 왜 꽃 피우려 하는 것일까』 『천국아파트』
2013년 서울을 떠나 고향인 강릉으로 귀향

천국 아파트

예수님 말씀을 굳이 빌리지 않더라도
나는 분명히 말할 수 있다
우리가 죽어 천국에 갔을 때
천국에 있는 아파트에서
가장 넓고 전망 좋은 로열층에는
이 땅에서 병들고 가난했으나
그 누구도 원망하지 않고
착하고 아름답게 살았던 분들이 살게 될 것이라고

예수님 말씀을 굳이 빌리지 않더라도
나는 분명히 말할 수 있다
이웃에게 화내고 속이고 상처를 주거나
대충대충 보통의 속된 삶을 살았다 해도
이 땅에서의 나날이 너무 고통스러웠다면
각자의 죄에 따른 얼마간의 방세는 내겠지만
그들 역시 천국아파트에 입주할 수 있을 것이라고

춥거나 덥거나 일 년 삼백육십오일
힘들고 거친 일 허리 휘어질 때까지 일해도

먹고 사는 일조차 만만치 않은 분들에게
조금 더 배웠다고 선생님 소리 들으며
조금 더 배부르고 더 편히 산다는 게
때로는 민망하기도 송구스럽기도 하다
내가 죽어 행여 바늘귀를 통과하여
천국 근처를 얼씬거리게 된다면
천국아파트 지하층에 들어갈 자격은 있는 것일까
한 줄 햇살이 호사스러운 지하층에

네크레시 수도원 벽의 돌

천지 사방에 굴러다니던 내가
언덕 위 수도원의 벽이 되어
세월을 견디며 살아온 것은
천칠백 년 전부터의 일이었습니다
화려한 벽화로 분칠했던 내 얼굴
비바람이 한 겹씩 지워가는 동안
수없이 많은 수도자는
새벽부터 한밤까지
목숨 스러져 사라질 때까지
흘러내린 촛농보다 더 겹겹이 마음을 태워
불 밝혀 기도를 쌓아 올렸습니다
한철 들꽃처럼 피었다가 사라져도
어딘가로부터 날아온 이름 모를 꽃씨들이
아름다운 꽃을 피우고 다시 피워 내듯
한순간의 촛불조차 꺼트리지 않고
제단 위의 기도는 이어졌지만
무엇을 향한 기원이었는지
누구를 위한 고행이었는지
나는 아직도 알지 못합니다

천칠백 년 내내 수도원 지붕 위로는
별들이 끝도 없이 쏟아져 내렸지만
그 긴 세월 동안 쌓인 기도가
작은 수도원 하나 다 채우질 못해
기도처 옆 지하 석굴에는
가지런히 백골로 남은 그들이
지금도 누운 채 기도를 쌓고 있습니다

*그루지아(Georgia)의 크바렐리(kvareli)에 있는 네크레시 수도원(
  Nekresi monastery)

북한산 바위

북한산 오르는 길에
이제는 반들반들해진 바위 하나
산을 오르는 모든 이의 거친 숨을
으샤! 발바닥을 받치며
단단한 디딤이 되었지만
그 누구도 기억 못 한다. 그곳에
그의 발 딛게 한 바위 있었다는 걸

북한산 등산로
오랜 세월 밟히느라
모 닳은 너럭바위
사람들에게 제 등을 내주어
험한 산을 넘게 한 게
자신인 줄도 모르고, 저는
그냥 얼굴 없는 돌인 줄 안다

김현식

1953년 광주광역시 출생
전남대학교 의과대학 졸업
외과 전문의
2006년 계간 시 전문지 『애지』로 등단
현재 서울송도병원 병원장으로 재직중
시집 『나무늘보』
공동사화집 『날개가 필요하다』 외 다수
산문집 『시의 향기』
E-mail: mdkhs@hotmail.com

미명

너는 보고 있느냐
신비로운 미명의 세계를
밤새 뒤척이다 꼬박 날을 샌 사람도
아주 일찍 일어나 어둠을 배웅하는 사람도
그저 새벽이 좋아 새벽을 기다렸던 사람도
신비로운 미명의 정적과 희망처럼 반짝이는
어둠 속 불빛과 외로운 가로등과
언덕 위의 꼬막집들에서
새 나오는 수선한 빛들의 속삭임이
희망을 얘기하고 있지 않느냐
곧 모든 것이 드러나 사라지고 말 신들의 몸짓과
고요의 속삭임
생명의 촉수를 간질이는 밤의 요정들,
너는 보고 있느냐
고독하게 총명하게 빛나고 있는 적막 속의
빛의 요정을,
어둠의 장막을 열고 희망의 웃음을 선사해 줄
미명의 선물을, 곧 사라지고 말
신비로운 불꽃들이 보이지 않느냐

아, 이들이 모두 사라지기 전에 나는
들어가련다 고독과 침묵의 세계로
무겁지 않은 샤갈과 모차르트의 세계로
기다려지는 것보다 어서 지나가길 바라는 것이
훨씬 많은 일정표를 뒤로하고

화

붉은피톨이 흘러가다 얼어붙어 멈춘 곳에
붉은 모래 알갱이로 모여 속 꽃을 피운 곳
흡혈귀의 전설이 되살아나고 피의 향연이
재연된다

거절할 수 없는 강렬한 유혹에
빨대를 꽂는가

양극의 간극이 평행선을 달리는 동안
아무도 들여다볼 수 없는 투명한 피멍울이 소리 없이
자라나 꿈의 길이 턱턱 막힌다

오랫동안 숨죽이고 숨어 있던 피의
영령이 기지개를 켜는 사이 멸종과 삭제의
단어는 슬그머니 어둠 속으로 산화한다

제2악장

겁 없이 뛰어오르던 날개의 꿈
하늘이 높은 줄 몰랐다 아니
생각해 본 적이 없었다

장애물을, 좌절을, 생각해 본 적이 있던가
젊음의 미스터리
에 빠져 있던 날, 날들,

비교하고픈 잣대는 없었다 저울도 없었다 그저
맘먹은 대로 뛰쳐나갔다
세상이 우리를 중심으로 돌고 있는 양,

뜻하지 않은 절벽과 수렁 때문에
무한한 나락 속으로 추락해 갔다
진이 빠진 날의 초라함은 세상 끝처럼
느껴지기도 했다

그래도 아닌 것은 아닌 것이야,
좁은 길도 험한 길도 마다 않고 뚫고 나갔다

때론 어설프고 맵고 비린 성숙의 냄새를 맡기도 했다

지난주에는 소나기가 내렸는데
오늘은 추적추적 가랑비가 내리네요

황건

2005년 『시와시학』에 조오현 시인의 추천으로 등단
인하의대에서 문학과 의학을 가르친다.
E-mail: jokerhg@hanmail.net

유채꽃 사진

벽에
걸었어요

그대 눈에
비친

노란 꽃밭
푸른 바다

남아있어요
마음속에

일 년
열두 달

거문고

무릎을 베고 누워서
당신 손길을 기다립니다

팽팽하게 당겨주셔요
따뜻하게 안아주셔요

열락悅樂의 산으로
눈물의 폭포로

머리에 흰 눈이 내리고
가슴엔 붉은 꽃이 필 때까지

Six string harp

Lying at rest on your knee
I wait for your touch

Tighten tight my strings
And embrace me with warmth

Guide me to the mountain of joy
And to the fountain of tears

Until the white snow flows in my hair
And a red blossom opens in my heart

홍지헌

강원도 동해시 출생
강릉고등학교 졸업
연세대학교 의과대학졸업
연세대학교 대학원 의학박사, 이비인후과 전문의
서울 강서구 연세이비인후과 의원 원장
2011년 『문학청춘』으로 등단
문학의학학회 이사
한국의사시인회 간행이사
박달회 회원
연세대학교 의과대학 동창회보 편집운영위원장
저서 『당신의 귀, 코, 목의 건강을 위하여』
E-mail: jihunhong@hanmail.net

색 바랜 티셔츠

색 바랜 반소매 티셔츠를 입고
아내에게 물어본다
이 옷 보면 생각나는 거 없수?
너무 낡았네, 이제 그만 입어요
그래 너무 낡았지, 세월이 많이 흘렀으니까
십 년이 넘은 하늘색 줄무늬 반소매 티셔츠
다시 아들에게 물어본다
이 옷 보면 생각나는 거 없니?
아빠, 옷이 작아 보여요
배가 볼록 표가 나요
그래 기억 안 나겠지, 세월이 많이 흘렀으니까
가족끼리 친구끼리
같은 옷만 입어도 행복하던 시절
기억하고 있을게
잘가라 그 시절

집과 하늘 사이

모두가 사랑하고 존경하던
이원상 교수님 돌아가셨다
일 년을 기다리다 입원한
청신경 종양 환자 두개저 수술
하루 전날 돌아가셨다
환자는 황망히 집으로 돌아갔을 것이다
새해 첫날
교수님은 하늘로 가시고
나는 문상갔다 터벅터벅 집으로 돌아왔다
돌아오고 돌아가는 발자국들
집과 하늘 사이에 어지럽다
남아있는 사람들 흉중에
회오리치는 바람
어디로 돌아갈까

독서실, 위너스 스터디

만복 슈퍼 골목 안
신세계 고시원 지나
위너스 스터디 독서실에서
아들은 고시 공부를 한다
새벽에 내린 비로 번들거리는 길
아들이 흘린 땀 같다
어둠이 서서히 물러가는 거리에
아침 안개가 붉다
고향에 계신 어머니가 보내주신
부적 색깔 같다
골목의 상호들
왜 그리 슬프게 들리는지
복을 가득 얻으라고
새로운 세상을 찾아가라고
모두 승리자가 되라고
간절한 기도가 서럽게 묻어있다
신림동 고시촌 슬픈 이름의 전설에
아들은 언제 종지부를 찍을까

한현수

가정의학과 전문의
2012년 『발견』으로 등단
한국문화예술위원회의 사이버공모전에서 차등 당선
현재 발견동인으로 활동 중
시집 『내 마음의 숲』 『오래된 말』
분당에서 독서토론모임 '소꿉'을 진행 중
E-mail: lcchan2002@hanmail.net

간이역

그녀의 몸을 열차가 지나다니고 있다
그녀의 주름살은 기찻길을 닮아있다

머리에서 발끝까지
그녀의 늘어진 풍경 안으로
빨랫줄 당기듯 기차 소리가 들어온다
그녀의 하루는 기찻길을 따라 펄럭인다

그녀는 움푹 꺼진 턱 끝으로 열차칸 수를 센다
그건 그녀만의 세상을 읽는 오랜 습관
멈추는 걸 잊고
어떤 날 열차가 다섯 배까지 길어지고 줄어드는지
그녀는 몸으로 알고 있다

하차下車가 끊긴 후
그녀는 부정맥을 앓고 있다
기차 소리가 그녀의 맥박을 탈선하는 중이다

간이역에 아침이 오면

그녀가 죽었는지 살았는지
그녀의 방을 두드려보는 사람이 있다

진달래꽃 같은

그녀가 돌아오고 있다
어둠을 술렁이게 하며

그녀를 보면 끝, 이란 말이 낯설다
나뭇가지 끝에 꽃핀다는 말은 수정되어야 한다
끝, 이라 부르는 게 그녀에게 시작점이니까
시작하고 다시 시작하는 자리가
그녀가 돌아오는 그 자리이니까

그리하여 그녀의 알몸은 앞모습뿐이라고
기억하기는
그녀 뒤로 숨은 그늘을 찾기가 어려웠으므로

그녀가 잠시 흔들렸더라도
별빛의 속도인 그녀를 눈부시다는 핑계로
나는 눈빛조차 주고받지 못해
봄, 이라고만 말한다

지금은 그녀가 돌아오는 시간

다시 시작점에서
자홍빛 휘날리는 꿈처럼 깨어나는 건데

그녀를 만지는 것이 살 떨리어서
내가 그녀 속으로 들어가 있다, 라고만 말한다

중년

여자야, 창밖에 빛과 어둠이 만나는 것 봐 저물녘 하늘은 파랑이 절정에 도달하는 시간이지 이때 박쥐가 사냥을 나가는 거 알지? 파란 하늘에 박쥐의 군무! 저들의 날갯짓이 하늘에 멍 자국을 남기는 것 같지 여자야 너의 직설적인 말씨가 나를 아프게 해 내 말에 왜? 란 말을 달지 말아줘 인디고란 풀로 파란 염색물을 만든다고 하지 우기 때면 널찍한 우물에 풀을 담그고 철썩철썩 수천 번 초록물결에 발길질을 하는 거지 사람들은 이때 파랑이 깨어난다고 믿는 거지 그러나 사실은 물에 멍이 들게 하는 거지 파도가 바위를 쳐서 파랑을 얻는 것처럼

남자야, 하늘은 달라 하늘은 스스로 멍드는 거야 세상의 독을 빨아들여 별을 내뱉어 놓는 거야 하늘이 사랑이기 때문이지 그런데 초록물결에 발길질이라 그건 초록에 호흡을 밀어 넣어 내면을 깨우는 신성한 작업이야 파랑 파랑! 색이 깨어난다는 것, 뒤집어진다는 거야 남자야 내 말이 상처가 되었다면 이해해 난 돌려 말하지는 못해 낯간지러운 은유는 더욱 못해 넌 파랑날개 가진 모르포나비를 알아? 나비가 파랑색을 얻으려고 보름을 번

데기로 있는 것, 그건 초록빛 고치 속에서 내면을 깨우
는 시간이야 일종의 자신을 향한 고요한 발길질 같은 거
야 남자야 은유가 뭐 별거야 혼자 초록인 척하지 말아
초록의 안쪽은 파랑일 뿐이야 초목들이 하늘을 바라보
는 것 좀 봐봐 파랑 파랑! 하면서

나해철

피부과 전문의, 의학박사
나해철의원(진료과목 성형외과) 원장
1982년 동아일보 신춘문예로 등단
시집『무등에 올라』『긴사랑』『아름다운 손』
『꽃길 삼만리』『위로』등
5월시 동인
E-mail: nagonurni@hotmail.com

헌화가

새 봄꽃을 그대에게 드리겠어요

바위 절벽에 핀 홍철쭉 한 다발
꺾어 올리겠어요

부디
지난 일 잊으시고
새 봄맞이하시길

돌아서야만 해서
멀어져야만 해서
떠나온 길은 길고 아득했지요

여윈 분홍빛 얼굴 매초롬한 부인이시여
절벽 사이로 새 길 열고 새 꽃 꺾어 드리오니

흰 빙설 같은 섭섭함 다 내려놓으시고

푸른 봄 바다 너머 꽃 붉은

골짜기 길로
환히 걸어가시지요

붉은 꽃 자욱한 새봄 새길 가시다가
가시다가 취한 듯 취한 듯
아롱거리는 아지랑이 품 안에

으앙으앙
힘찬 울음소리 하나
피어나게도 하시지요

계림에서 울다

알에서 깨어났을 때
누가 그리 슬피 울었나

소나무 숲 향기가 천지에 가득한데
나의 탄생에 무슨 문제가 있나

새벽이 질 때까지 여인아
꺽꺽 닭울음 소리로 우는 여인아

이생에서는 나의 은빛 날개
심장에 가두리니
두 발로도 행복하리니
그만 애통해하시라

기왕 와버린 세상
광활한 슬픔의 왕국 하나 세우리니

커다란 날개 펼치지 못할
날지 못할 나의 운명을 서러워 마시라

살 속에 접힌 날개가 퍼덕거릴 때
산꼭대기 돌무더기에 올라
푸른 하늘 멀리 그대를 그리다

솔숲 진한 향내에 취해
한 시절 낯선 사랑에 빠지셨던가
그리고 그리 슬피 우셨던가

여인이여
그대를 닮아 은빛 날개로
만월빛 알로 이 세상에 왔으나

나 서럽지만은 않은 날들로
슬픔의 천년 왕국을 세우리니

드높은 머리 위에서
언제나 푸르르시라

다리

나는 몰랐네
생이 이렇게 어그러질 줄

그대와 함께하고자
그대의 운명에 몸을 던졌으나

같이 흐르지 못하고
함께 푸른 바다에 이르지 못하고

떠나간 그대
있던 자리에 우두커니 서서

그대 구비져간 산모롱이 너머
고개 외로 돌려 바라보기만 하네

나의 잘못은 그대 곁에
너무 단단히 두 발을 박아버린 일

그대 가는 길을 그대라 생각하고

길 위에 온몸을 돌탑으로 세운 일

그대는 지나쳐가고
그대는 스쳐 흘러갈 뿐인데

처음 그대를 만난 그 저물 무렵부터
이 자리에 움직이지 못하고 서 있네

다가오던 그대 한 번 안아보려
팔 활짝 벌린 그 몸짓 그대로

박권수

2010년 『시현실』로 등단
큰시, 필내음 동인
현) 나라정신건강의학과 원장
E-mail: pksnara@naver.com

화성 고모

화성, '개박골'이라고도 했다
하루에 버스가 두 번 다니는
고모는
막걸리 냄새나는 부엌이나
먼지 나는 신작로에 멍하니 앉아 있곤 했다

"잘 지냈냐"
말이 움푹 패여 있다

"사는 거 다 거기가 거기여,
함 놀러 와
할머니마저 돌아가시고 나니 끈이 없드라
그냥 전화한 건께
함 놀러 오고
이제 보면 또 언제 보겠냐"

화성을 지날 때면
커다란 신작로 가로수마다
또 언제 보겠냐

또 언제 보겠냐
잎새들이 신작로를 툭툭 치고 간다

옥수수

푸른 잎 열고
고만고만한 것들이 쏟아져 나온다
햇살이 따스한 것만은 아니었다, 탈색된 모습으로
오밀조밀 삶의 틈새를 벌리고
커다란 물관과 체관을 오르내리며
철컥철컥 마디마다 한숨을 풀어놓고
만개를 기다리는 텃밭

부딪히며 자란 것이다
꿈틀대며 일어난 것이다
자양분이 속도를 올릴 때마다
잎 새로 줄기 사이로 서로의 틈을 나누며
숨 가쁘게 또 하나의 마디를 열고
튀어 오른 것이다
터질 듯한 몸 비틀어
숨구멍 열어젖히면

여기는 옥수 여기는 옥수
다음 승차역은,
옥수역에서 팝콘 같은 알갱이들이 쏟아져 나오고 있다

늦은 가을

비가 내리고
오래된 트럭에 실려 가는 소나무 하나
둥지 튼 곳이 다 고향은 아니라고
머리 풀어헤치고
간간이 땅을 할퀴고 간다
젖어가는 모든 도로는 덜컹거리고
유리창 밖에 붙어
유턴하는 시선

차 옆을 스쳐 가는 종촌리 1구
문패 없는 대문 사이로 주인 없는 바람들이 놀고 있다
묵은 시래기 서걱거리는 가슴
연기 없는 굴뚝에 기대어 선 감나무
담벼락 구멍을 따라 삽작 앞에 서서는
떠남, 기억하지도 말고
흙, 잘 간직하라고

비가 내리고
시야는 온통 흐린 가을 하늘

신승철

1953년 강화출생
연세의대 졸업
신경과전문의, 정신과전문의
1978년 현대문학으로 등단.(혜산 박두진선생님 추천)
시집 『너무 조용하다』 『개미들을 위하여』
『더 없이 평화로운 한때』 등
에세이 『있는그대로 사랑하라』 『나를 감상하다』 등
현재 큰사랑노인전문병원장
E-mail: igu1848@hanmail.net

초봄

호수 위에 산 그림자가

조용히 움직이기 시작한다.

지난밤 유리창이 산산이 부서지는

꿈을 꿨는데

수면은 여전히 그대로다.

근시와 난시로

물결 파장이 멈출 줄 모른다.

아마 내 안에 겁 많은 짐승이 하나

은일하게 반짝거리는

저 빛들을 두려워하고 있는 것 같다.

공을 들인 고통들이 일시에 바스러질까 봐

공을 들인 고통들이 아무 보람도 없이

허무하게 그냥 바스러질까 봐

두려워 몸을 숨긴 채

가만히 너를 지켜만 보고 있는 중이다.

장독대

사십여 년 전
집 떠난 한 사내가

옛집에 돌아와
새삼, 생을 앓는다.

지난 사십여 년은
하룻밤이었다.

하룻밤 사이에
위염과 당뇨와 허리 디스크와
만성 피로와 기관지염을 앓았다.

고스란히 내려놔야 할 것들이
여기 가지런히 앉아 있다.
버려진 인형들 같다.

그러나 이 몸에서 흘러나오는
오래된 간장, 된장 냄새가

무엇 때문에
쓸쓸하게만 느껴지는 것이냐.

한 송이 파란 눈빛의 패랭이꽃과 마주친 뒤
이 몸은 단지 작은 돌멩이처럼 남게 되었다.

없는 병을 꿈처럼 앓았다는
생각만 들었다.

까치

까치들이 이른 아침
봄빛을 시나브로 깨트리고 있다.

내 눈은
이 나무에서 저 나무로
까치들을 따라 옮겨 다닌다.

까치야, 너희들은
즐겁게 말을 거는 것이냐.
아니면 화를 내고 있는 것이냐.

잠시 한눈을 파는 사이
까치들은
한 마리도 보이질 않는다.

하늘에는
다 해진 그물을 펼쳐놓은 것처럼
여리고 가는 빈 나뭇가지들로
가득 포개져 있다.

까치들의 소란도
오래된 지난 이야기로 되어 버렸다.

내 죽은 뒤
마음이 없어진 뒤에야

나는 비로소
행복과 기쁨의 바다에 이르는 것일까.

까치들이 돌아와
다시 한바탕 소란을 피운다.

그 소리가
귀에 잘 들어오지 않는다.

김승기

2003년 『리토피아』로 등단
시집 『어떤 우울감의 정체』
『세상은 내게 꼭 한 모금씩 모자란다』 『역驛』
산문집 『어른들의 사춘기』
E-mail: kimsnpc@daum.net

숲에 들지 못 하는 나무

밭머리 혼자 서 있는 나무는
바람에 마치 부러질 듯했다

옷을 단단히 여미며
숲 속 길로 들어섰는데
정말 의외다

그곳은 너무 잔잔한 거다
굵으면 굵은 대로
가늘면 가는 대로
나무들은 큰바람을
나누어 막고 있었던 게다

숲길을 걸으며 자꾸만
밭머리 외나무 생각이 났다
그 나무는 왜 숲 속에 들지 못하지

그 사람 생각이 났다

겨울 숲

참 시끄러웠다
발 디딜 틈 없는 온갖 풀꽃들
북 치고 장구 치고
낙엽이 지기 시작하자
하나둘 떠나갔다
찬바람 부니 몇만 남아
옅은 햇살에 불을 쬐었다
이제 그들마저 떠나
남은 것이라고는
붙박이 나무들뿐
뿌리를 내린다는 것은
그 자리에서 맨몸으로
긴 겨울을 나겠다는
단단한 결심이다
그렇게 견디다 보면
온갖 풍각쟁이들 다시 몰려와
봄이 왔어요
봄이 왔어요
또 떠들썩할 것이고

날마다 남의 꿈속을 걸으면서도

의사 시인회 송년회 겸 이승하 시인 초청
〈시의 역할 – 재소자들과 시를 이야기하다〉 강연에서
들은
하루, 30분씩만, 사색하며 산책했으면 좋겠다는
한 재소자의 간절한 소원 이야기가 자꾸 생각난다

우리 집 뒤엔
능선 따라 만들어놓은, 지금은
나만이 다니는 비밀 길이 있다

아침마다 개를 데리고
낙엽 떨어진 그 숲길을 걷는다

나는 그 재소자의 꿈속을 걸으면서도,
내가 그가 되어 지금의 나를 바라보면
아득히 빛나는 별로 보일 것인데

그러면서도 입버릇처럼 나는
사는 게 허무하니 뭐니 한다

숲길을 걷다가 문득 하늘을 올려다본다
겨울나무들이 나보다 키가 몇 배씩 더 크다

김완

광주광역시 출생
광주고와 전남의대 및 동대학원 졸업
의학박사, 심장내과 전문의
2009년 『시와시학』으로 등단
시집 『그리운 풍경에는 원근법이 없다』
한국작가회의 회원, 광주전남작가회의 이사
시낭송회 비타포엠 회장
현재 광주보훈병원 심장혈관센터장
E-mail: kvhwkim@chol.com

환자가 경전이다

봄 들녘에 아지랑이 피어오른다

레지던트 수련 중에
스트레스 견디지 못하고
병원을 떠나는 전공의들
4월 초 담장마다
목련 두근두근 벙그는데
떠나는 이들의
까만 눈망울이 젖어있다

유구무언

그럼에도 불구하고
환자가 우리들의 경전이다

여행

여행은 풍경과 풍경 사이를 건너가는 기록이다 이동하는 차 안에서 긍정의 아우라 대해 이야기한다 긍정의 사유에는 찬란한 슬픔 같은 것이 있다 날 이미지의 정치함에 대해 서로의 가슴을 내보인다 시간을 견딘다는 것, 풍경을 함께 본다는 것, 남의 이야기에 오래 귀 기울인다는 것, 추억을 공유하는 것, 오래된 사유에는 상처 난 과일에서 나는 달콤함이 있다 혼을 빼는 치명적인 유혹이 있다

배를 기다리는 동안, 모퉁이를 베어 먹힌 시간의 틈새로 빛나는 여름의 햇빛 환하다 다급한 어미 갈매기의 소리 시끄럽다 시간의 크기를 재어본다 반복이 위장되어 있는 시간에 갇혀있다 모두들 서서히 죽어가고 있는 것이다 낯선 풍경만이 순결이다 순결한 여백이 있어야 그릴 수 있다

먹먹한 사랑

제 몸을 불살라
하늘과 바다를
핏빛으로 물들이는

뜨겁게 타올랐다가
한순간 뼈와 재로
사라지는 소신공양

못다 한 말 통째로
바닷속으로 삼키는
저 장엄한 침몰

아스라이 출렁인다
먹먹한 사랑 하나

김세영

2007년 『미네르바』로 등단
'시산맥시회' 회장, 한국시인협회회원
문학의학학회 이사, 성균관 의대 외래교수
국제펜클럽 한국본부 인권위원회 위원
시집 『물구나무서다』『강물은 속으로 흐른다』
E-mail: mokjoin@daum.net

천 년 묵은 달아

숨길도 얼어붙어
빙폭으로 드리워진 하늘 자락
유성처럼 미끄러져 내려오는
천 개의 빛살을 가진 한 사람

남산의 돌계단을 내려오는 그가
방전된 시간 바늘이 온몸에 꽂혀
달빛에 번뜩이는 고슴도치 같네

어긋나 지나쳐버린
그때 그 사람을 다시 만날 수 있을지
천 년 묵은 달이 길 위에 영사하는
옛 도성의 흔적을 더듬어 가네

달하 노피곰 도다샤
어긔야 머리곰 비취오시라*

아직 육탈하지도 않은
설익은 그리움에 몽유하는

나를 보고, 마애불이 설핏 웃는구나

동트자, 혼백의 그림자만
향나무 밑에 남겨두고
황망히 돌아가는 저 사람

어긔야 즌데를 드디욜세라
어긔야 어강됴리*

나뭇가지에 걸린 청동거울,
그 속에 비친 나와 뒷모습이 닮았구나

어귀야 어강됴리
아으 다롱디리*

*고전시가 「정읍사」에서 인용

신처용가 新處容歌

-사랑하지 않았다,
삼십 년 품속에서 꼬깃꼬깃 접힌
아내의 고백을 펼쳐 보고, 문밖을 서성이다
야간열차를 타고 경주에 왔다

불국사 아랫동네, 바람에 기우뚱거리는
저만치서 앞서가는 사내, 춤사위가 예스럽다
어깨에 둘러메고 가는, 저 황금빛 술두루미
네 가랑이 흠뻑 적셔주던 서라벌 만월의 젖통 같다
흥얼거리는 노랫말은, 처용가가 분명하다

몸은 내 것인가?
맘은 누구 것인가?
본디 내 것 아니지만
얻지 못함을 어찌하리오

아직도 홀로 밤길을 떠도는
저 처용, 귀신을 죄다 쫓아버린들,
넓적다리 살을 포개어 천년 세월의 탑을 쌓은들

무슨 소용이 있겠는가

천 년의 강을 건너가는 사내,
거룻배를 타고 밤드리 취하고 싶다
경주의 모든 새벽 종소리가 울어
나를 깨워 하선시킬 수 있을는지

모르겠네
개운포開雲浦*를 지나 동해로 흘러가버릴는지
알 수 없네.

*신라 헌강왕이 동해 용의 아들 처용을 만난 바닷가

가야 여인

리히터 규모 7.5의 지진으로
천 년의 레일이 단층 위로 솟구쳐 오른 날
땅속의 가야인 집을 방문했다

한 여인이 미소 지으며 벽화 속에서 걸어 나온다
흩어진 뼛조각들을 밀가루 반죽 같은 뽀얀 살로 감싸며
붕어빵 틀처럼 꼭 맞는 몸체로 품고 눕는다
청동거울을 그녀가 손에 잡는다
두터운 꺼풀 속 별자리에 갇혀있던 한 생의 잔상들,
하루살이처럼 빛줄기를 타고 날아오른다
그녀의 손금을 따라 수없이 돌고 돌았던 염주들,
무성영화의 낡은 필름처럼 손바닥 위에 상을 맺는다
인도양의 깊은 속살 속에서 여물은 진주 목걸이가
천 년의 꿈에서 부화하는 알처럼 가슴팍 위에서 꼼지
락거린다

그녀의 심장 박동수는 너무 느리고,
나의 박동수는 너무 빠르다, 시차가 너무 커
공명의 보폭을 만들 수 없다

선로를 복구한 경부선 야간열차를 타고 상경하다 깜박
잠이 든다
가야 여인의 혼이, 뼈의 몸체 속에 들어가서 하룻밤
머문 후
새벽안개처럼 빠져나가는 것을 본다
그녀의 옷자락을 잡으려고 허우적거리다, 옆에 앉은
여인의 소매를 붙잡는다
낯선 여인의 비명에 꿈에서 깨어난다

시간의 단층을 파헤치다 지워진 지문의 손가락으로
밤하늘의 별자리를 차창 위에서 맹인처럼 더듬어본다
같은 시간 속의 별들이 서로 닿기엔 너무 멀듯이
같은 공간 속의 별들도 서로 닿기엔 너무 아득하다.

김연종

2004년 『문학과 경계』로 등단
시집 『히스테리증 히포크라테스』 『극락강역』
제3회 의사문학상 수상
현재 의정부시 김연종내과 의원
E mail: medirac@hanmail.net

Vertigo

건망증이 심해 내가 신고 다녔던 神을 어디에 벗어 놓았는지 헷갈린다 양복 윗주머니에 잘 모셔 두었던 우울과 몽상의 부스러기를 수거해 붉은 우체통에 살처분하고 나서도 내가 신었던 신발의 빛깔은 기억나지 않는다

바늘귀를 통과한 달팽이가 서서히 몸을 비튼다 나는 신발을 신지도 못하고 기억의 안테나에 시동을 건다 귓등은 붓지 않았고 고막 속에 깊이 간직해 두었던 기억들만 바람에 서걱거린다

붉은 노을을 잠시 바라보았을 뿐인데 석양은 머리를 풀어헤치고 허공을 묶는다 새벽달이 임종을 고하는 동안 부지런한 수탉은 천국을 노래한다 아직까지 편의점에 도달하지 못한 병아리들이 귀를 틀어막고 거리로 뛰쳐나온다

수취불명의 맨발은 여전히 신발장을 헤매는데 누가 나에게 반짝이는 神을 찾아줄 것인가 귀울림을 치료해 줄 의사가 모닝콜을 들을 수 있을까 모가지를 비틀어도 새벽은 온다는데 새벽까지 문을 연 약국이 있기는 할까

가면우울증

눈 속에 바다가 고여있나요 연민에 빠진 말들이 심장
까지 흘러가지 못하고 하지정맥류처럼 부풀어 올랐나요
거친 호흡음과 심잡음은 여전히 노이즈마케팅으로 활용
하고 있나요

센티멘털과 멜랑콜리를 극복하지 못해 사유의 연하곤
란증을 겪고 있나요 초기 치매와 중증 건망증을 감별하
느라 거미줄처럼 얽힌 기억의 행간에서 꼼짝 못 하고 있
나요

정직한 성욕은 식욕 같아 유월의 밤꽃에서 막 지은 밥
냄새가 난다는 당신의 후각은 아직도 유효한가요 덜 익
은 과일만 따 먹는 식습관 때문에 생존엔 전혀 지장 없
는 아마존의 긴코원숭이를 그리워하나요

치료를 포기한 의사의 위로 한 마디에 다시 용기를 얻
었나요 조화에 물을 주는 심정으로 조용히 시들어가는
이파리를 뜨거운 입맞춤으로 재생하고 싶은가요

이미 죽은 그림자가 갓 태어난 목소리로 속삭였다

까맣게 죽어가는 바나나의 속내는 여전히 달콤한가요
온전히 껍질을 벗기기만 하면 고통스러운 야생의 기억
은 바람의 속살처럼 부드러워질까요 당신이 진술하는
병든 입은 아직도 살아 숨 쉬나요

데스홀릭

입술과 항문과 성기가 없는 그곳으로 가면
술 마시지 않고도 잠들 수 있으리
촛농처럼 흘러내리는 고독을
한 줌 먼지로 방점 찍을 수 있으리
아직 내 몸을 빠져나가지 못한 맹독의 환상마저
알레르기 행진곡처럼
온몸을 붉게 물들이고 뇌 속까지 울려 퍼지리
퍼덕이는 아가미에서 미늘을 뽑고
밀랍된 고통의 타투를 말끔히 제거해
이카로스의 날갯짓 없이도
마음껏 하늘을 날 수 있으리
슬픔과 광기와 피 흘림이 없는 그곳으로 가면

주어진 글을 읽고 〈심리학적 부검〉을 위해 고통 관리
위원회에서 내놓은 대책 중 자신의 처지에 비추어 가장
부합하는 경우를 고르시오

1) 옥상으로 가는 모든 길을 차단한다 고층 아파트 주
변의 경계를 강화하고 특히 두세 명씩 짝을 지어 번지점

프 앞을 서성거리는 여고생들을 집중 검문한다

2) 베르테르 효과를 차단하기 위해 모든 소설을 사전 검열한다 드라마 영화에서 죽음의 장면을 삭제하고 특히 자살 장면은 상영을 중지한다 조간신문의 부고란도 폐지한다

3) 각 펜션에서는 연탄과 화덕을 소지한 봉고차의 출입을 제한한다 청테이프와 청산가리도 압수 대상이다 허름한 주택가 골목에 하루 이상 방치된 차량의 동태를 파악한다

4) 권총과 커터 칼 압박 붕대 등의 판매를 엄격히 제한한다 데드 캠프의 감시 카메라를 증편하고 모니터를 집중 감시 체제로 전환한다

송세헌

충남의대 졸업
외과전문의
『시와시학』으로 등단
한국사진작가협회회원 한모문학동인회
필내음문학동인회
지용시낭송협회회장
시집 『굿 모닝 찰리 채플린』
E-mail: gainsong@hanmail.net

낙화 - 이형기 풍으로

가야 할 곳이 어디인가를
분명히 알고 가는 이의
뒷모습은 얼마나 아름다운가.

인생 한 철
청춘을 인내한
그의 사랑은 뜨고 있다.

분분한 헌화…
결별이 이룩하는 명복에 싸여
분명히 알고 가야 할 곳,

무성한 베트남의 정글에
머지않아 열매 맺을 부하들을 묻고
하롱베이를 건너왔다

그들의 청춘은 꽃답게 죽었다

따라가자

피 묻은 손길을 흔들며
하롱하롱 꽃잎처럼 진 전우들 곁
현충원 병사묘역으로

그의 사랑, 그의 결별,
전쟁터에서 눈물로 함께 빚은 훈장을 들고
그의 영혼의 벗을 따라 1평의 집으로

* 故 채명신 초대 주월남 한국군 사령관 2013년 11월 25일 별세.
  "베트남 전우들 묻힌 곳에…" 유언 따라 8평의 장군 묘역이 아닌
  1평의 병사묘역에 안장

대전역 구두병원

이력履歷은 신발이 끌고 온 기행문
편력은 신발을 끌고 간 채색화
옥신각신 발바닥에 새긴 펜혹 같은 티눈
거개의 발병의 발병 원인은 신발에 기인한다
까치발로 까치발로 살아온 역마살이다

* 이력履歷: 신 이, 지낼력

빈집

하얀 목련 한 그루
강아지마냥 대문 밖에 매여 있다
겨우내 낙엽같이 웅크려 있더니
발자국 소리에 눈이 멀어
귀를 쫑긋 세우고 있다
기억은 대문처럼 기울어가는데
약속이나 한 듯 지키고 있다
매년을 마지막 봄처럼 지내는
열매 없는
나무
연꽃

김응수

1958년 대구 출생
한양의대 졸업, 흉부외과 전문의
1993년 『시와사회』로 등단
2011 서울문학인대회 '가장 문학적인 의료인상'
시집 『낡은 전동 타자기에 대한 기억』
위인전 『의학의 달인이랑 식사하실래요? 에피소드1』
『의학의 달인이랑 식사하실래요? 에피소드2』
에세이집 『나는 자랑스런 흉부외과 의사다』
『아들아 너는 오래 살아라』
『가슴 아픈 여자, 마음 아픈 남자(1998)』
『Dr. 콜롬보?』 등
현재 한전의료재단 한전병원 근무
E-mail: earth22c@naver.com

1649년 비망록

때로 조국보다 정의를 사랑한 것 같지만
조국을 정의 안에서 사랑하고자 했을 뿐이다
― 알베르 카뮈

뭉툭한 펜촉, 구겨진 종잇장 옆
먼지로 가려진 잉크병
엉겁결에 불어본 책상 끝
이 빠진 냉수 사발
북해北海바람은 차기도 하지
마주치는 사람마다 손잡아 이끌며
깨어질 듯한 테임즈 강의 첫얼음
단호한 믿음은 졸던 신을 재촉했다
욕심이란,
천사까지도 타락시키는 죄악이야
크롬웰,
끝내 세상을 차지하지 못할 위대한 악인이여
허튼 맹세로 허투루 지나간 세월
흐르는 촉광 아래 진종일 허기는
덜 깎은 수염처럼 움터 오르고
거세된 능동으로 서너 번 따뜻함을 바꾸는 우리
이름뿐인 공화정은 배부른 기도 짓거리다
올리버 크롬웰,
신과 닮은 사람이 욕심으로 세상을 바꿀 수 있단 말인가

그렇지 않은가
누적된 빈곤은 가난이라고만 일컫지 못해
오늘도 두 발 달린 짐승이란 울어
시간의 주름이 되어 서럽게 울어
수백 년을 뒤덮은 런던의 눈보라
무기수 형량으로 내리는 서리
삭둑 잘린 역사의 머리
목이 가렵다

머리를 깎다

나는 이발의사였던가 보다
궂은 날엔 머리를 깎는다
면도날로 옆쪽 끄트머리만 잘라도
뱃속까지 넉넉해진다
울적할 때면 가위로 머리를 깎는다
왼쪽에서 오른쪽으로 가위질하면 깎아지른
절벽에서 맨몸으로 아랫바람을 맞는 황홀감
머리를 감을 때면
우울을 꾹꾹 눌러주는 흐뭇함
샤워기로 머리털을 씻어내리면, 어여차!
수채통을 피해 뭉쳐져 유영하는 머리카락 덩이
참 어렵게 살아왔구나
비누거품을 듬성듬이 바르고
검은, 혹은 흰 수염을 밀고 나면
얼굴에 덕지덕지 붙은 원죄를 덜어내는 쾌락
이 짜릿함은 어디서 올까
하여,
난 전생에 이발의사였던가 보다

더불어 사는 세상

그 옛날 로마에선 사람만큼
잡신들이 살았다던데
우리 산들녘엔 얼마나 북적댈까
전나무 숲길 언저리
엄장 큰 느티나무 그늘 밑
푸석이는 저녁답
도시 한가운데 횡단보도를 건널 때처럼
날파람에 왼쪽 어깨가 젖혀질 때 간혹,
비 오는 관우리觀雨里 삼층석탑을 비낀 으스럼달이
정강이 뼛속까지 시리게 할 때
도−피안−사
천왕문을 지나 띄엄띄엄 디딤돌이,
대적광전 닿는 빤지레한 섬돌이 모두 산 사람들이
밟고, 밟아 우묵해진 것일까
천국 혹은, 지옥에 낯가림한 잡신들이 이승이랑
끈질김을 줄다리기하다 동네방네 마구
몽달, 각시손을 불러들이는 것은 아닐까
몸보다 술이 지쳐 누운 새벽
목 마려워, 술 마려워 거울을 보다

헉~,
인기척에 식겁한 두꺼비 같은
내 안의 귀신

조광현

1974년 부산의대 졸업
부산백병원 병원장 역임
대한 흉부외과 학회장 역임
인제의대 흉부외과 교수
2006 『미네르바』로 등단
2006 『에세이스트』로 수필 등단
부산 의사문우회 회장 역임
에세이스트 문학회 회장
2013년 한국산문문학상
2011, 2012, 2013년 『에세이스트』 올해의 작품상
시집 『때론 너무 낯설다』
E-mail: Dr-khcho@chest2014

어젯밤의 그 바람이

어젯밤 바람이
별들의 어깨를 마구 흔들었어요

길가에 벚나무 겨드랑일 자꾸 간질이더니
밤새 벚꽃이 만발하였네요
꽃이 왜 아름다우냐고요
아! 그냥 꽃이라서 그래요

어젯밤의 그 바람이
새들의 잠자릴 조용조용 다독이더니
꼭두새벽에
선잠 깬 새들이 저토록 지저귀고 있네요

새 소리가 왜 고우냐고요
그냥 새 소리이니까요

세상은 사랑하기에 정말 좋은 곳*이랍니다

이리 오세요 참 좋은 아침입니다
커피나 한잔 합시다.

* 프로스트의 '자작나무'에서 빌림

하롱베이*에 배를 띄워

물 위에 선을 긋고
바다를 둘로 가르며

파도를 잠재우고
구름을 그려 넣고

욕망의 보가 터지고
껍질도 벗고

섬들이 오고 있다
추억이 가고 있다.

* 베트남의 하롱베이

역방향의 기차를 타고

서울로 갑니다

한 폭의 그림 되어, 시시각각
지나가는 것들이
못내 아쉬워 돌아앉은 게지요

멀어지는 모든 곳에 눈물이 어리고
몸은 자꾸 앞으로 밀리는데
마음은 언제나 뒤를 돌아보지요

여기는, 영원처럼 아득한
찰나의 여정

가만히 눈 감으면 뿌-연 안갯속
어느 먼 행성의 언덕 너머에
무슨 지표 하나 아른거리네요
본향인가요?

어차피 가야 하는데
우리 잠깐 쉬어가면 안 될까요.

김경수

1957년 대구 출생
1982년 부산대학교 의과대학 졸업
한양대학교 대학원 의학과 병리학 박사 과정 수료
1993년 『현대시』로 등단
시집 『하얀 욕망이 눈부시다』
『다른 시각에서 보다』『목숨보다 소중한 사랑』
『달리의 추억』『산 속 찻집 카페에 안개가 산다』
문학·문예사조 이론서 『알기 쉬운 문예사조와 현대시
2007년 제19회 봉생문화상 수상
『시와사상』 발행인
E-mail: goldkiss@unitel.co.kr

난초에게 말을 걸다

날씬하게 뻗어있는 난초잎들이
소리의 알갱이들이 굴러떨어지는 낭떠러지를 이룬다.
난초에게 말을 건넨다.
난초는 안개를 생산하는 공장이다.
난초가 안개에 묻힌다.
안개가 난초에게 말을 한다.
근원을 찾아가는 발자국 소리가 차지하는 광장에
설원雪原을 달려가던 늑대의 발자국 소리가 들리는 의
미가 무엇인가요?
누군가 자신의 말을 들어줄 대상이 있다는 것은 큰 행
복이다.
그렇게 난초는 안개와 최초의 말을 나누며 정신을 섞
는다.
난초가 말을 할 때마다
안개는 허리가 더 날씬해지고 끝이 더 뾰족해진다.
그런 것이 안개의 희망이듯
보여주는 것도 소리가 없는 말의 한 양식樣式이었다.
내가 난초에게 말을 걸듯이
난초는 자신이 생산해 놓은 안개를 최초로 의지하며

면적이 없는 말을 건넨다.
난초여, 무심한 공간에 의미를 색칠하는
사선斜線의 미학美學이여,
하루를 살아가는 것도
무심한 허공에 난의 날씬한 잎을 걸쳐두는 것
그 이하도 그 이상도 아니다.
말소리가 차지하는 공간은 분명히 있고
볼 수 없는 말이 진동을 통해 자신을 증명한다.
난초에게 좁은 면적의 말을 던지면
난초는 안개를 뿜어내며
안개에게 말소리도 무게가 있다는 것을 말해준다.
안개보다 정밀하게, 난보다 처절하게
인간들은 자신들 인생의 밝은 면의 무게를 잴 수 있을
까?

길 위에 서서 길을 찾는다

길 위에 서서 길을 찾는다.
살아온 인생길 위에서 나를 찾는다.
제대로 살아온 걸까?
길 위에 서서 인생을 되돌아본다.
내 인생은 황금 새인가? 검은 새인가?
먼 곳에서 누가 다가오고 있다.
하얀 옷을 입고 머리에 풀잎 왕관을 쓰고
빛을 거느리고 다가오고 있다.
말씀이 세상을 창조하였고
세상이 만들어 놓은 생각 위에 서서
진실한 삶의 의미를 찾는다.
길 위에 서서 우리는 어떤 목표를 사랑했는가?
그녀와의 따뜻한 추억이 깃털처럼 날아올라
내 주위를 맴돈다.
인생에서 사랑보다 행복한 선물이 있을까?
길 위에 서서 내가 마지막으로 돌아가는 날
나는 제대로 된 인생길을 걸었노라고 말할 수 있을까?
마음이 가난한 사람들만이 빈자貧者에게 손을 내미는
길 위에 서서 우리는 진정 부끄럽지 않을 수 있는가?

안개와 놀다

안개가 붓을 들어
산을 지우고 강江을 지우고 인간을 지우고
세상 만물을 지운다.
안개의 말은 있다와 없다 두 가지뿐이다.
내가 있지만 없을 수도 있고
내가 없어도 있을 수가 있는
안개의 언어에 익숙하지 않은 도시인들은
안개가 곧 꽃으로 변할 거라고 생각하고
안개가 거대한 새가 되어 날아갈 거라고 상상하고
안개는 소리 없는 오케스트라 연주라고 생각한다.
안개는 은화를 찰랑이며 걸어오는 거인이라고 상상한다.
안개와 어둠은 동종同種이다.
딱딱한 어둠에 비해 안개는 따뜻하고 포근하다.
안개는 자연이 슬며시 보여주는 암호이다.
안갯속에 파묻힌 나무가
스스로 나뭇잎들을 모두 떨어뜨리고 나목裸木이 된다.
길을 내기 위해 먼저 온 아무것도 아닌 자의 외침이 안
개를 흔든다.
안개가 뒤로 조금 물러서자 나목裸木이 나뭇가지를 내

밀고

안개가 더 뒤로 물러서자 강이 반겨준다.

안개의 가슴에 손을 밀어 넣어 본다.

강이 일어서는 소리가 들린다.

안개의 겨드랑이에 손바닥을 대어 본다.

눈먼 새들이 파닥이며 날아오르는 진동이 들려온다.

아무도 보이지 않는 안갯속에서 사람들은 평등하게 작아지고

사람들이 가야 할 바른길이 더 뚜렷이 보인다.

안갯속에서 사랑만큼 어둠을 밝히는 따뜻한 빛은 없다.

박강우

1984년 부산의과대학 의학과 졸업
박강우소아청소년과의원 원장
1998년 『현대시학』으로 등단
『시와사상』 주간
시집 『병든 앵무새를 먹어보렴』

뭉게구름의 비밀

입을 크게 벌리고
고개를 쭉 내밀어 집을 지었다

뭉게구름은 스펀지처럼
던져주는 숟가락을 모두 빨아들였다

허물 허물해진 숟가락을
씹어 먹었을까 아니면 마셨을까

비린내는 분명히 입술을 스쳐 지나갔지만
망치 소리도 들렸지만

뭉게구름 안에는
숟가락이 하나도 없었다

기억이 나지 않지만
썩는 냄새는 분명히 스쳐 지나갔지만

구름은 비어 있었다

집은 비어 있었다

집이 뭉게구름을 뱉어낸 것일까
뭉게구름이 집을 뱉어낸 것일까

왜

너희들과 나 사이에
핫팬츠의 여자아이와
가죽점퍼의 남자아이를 차곡차곡 포개 놓고
그러니까 단둘이 커피를 마시고 있기에는
신호등이 너무 빨리 바뀌었어
지금이 아니면 늦을 거라고
투덜거리는 여자아이의 매끈한 다리가 눈길을 사로잡아
그러니까 믿을 수밖에 없었지
남자아이는 너희들이고
나는 매끈한 다리라고
겨우 도착한 조각공원에는
너희들이 벌써 자리를 깔고 앉아 있었어
매끈한 다리는 아주 느리게 조각공원을 돌고 돌았어
다리에 힘을 주고
근육이 울퉁불퉁 튀어나오게
쥐어짜고 또 쥐어짰지
그러니까 미치도록 설렐 수밖에
아무런 이유 없이
반드시 듣던 노래가 끝나야 라디오를 끄게 되고

양말은 왼쪽부터 신어야 하고
불길한 일은 꼭 세 번을 반복했어
그러니까 시계가 11:11 이 되었을 때
핫팬츠의 여자아이와 가죽점퍼의 남자아이가 사라지면
미치도록 행복해질 것 같았지

익명성과 피상성의 정보미학

⇑은 평범한 쇠창살이었다
폭탄을 안고 ➡이 쇠창살 안에서 터졌다

시소가 오르락내리락 웃었다
↘↗와 ↗↘로 나눠진 우리는 웃다가

또 웃다가
↘↗은 밤이라고 우겼고
↗↘은 낮이라고 우겼다

↺ 이렇게 ⇑을 따돌려야 한다고 우겼고
↻ 이렇게 ➡을 피해야 된다고 우겼다

시소가 태어나기 전
⇑은 쇠창살이 없는 ⇪이었다

➡은 ↗↘와 한몸이었고
↘↗은 ⇑와 한몸이었다

오백만 년 동안 ↘↙와 ↙↘가
시소의 양쪽 끝이라고 우기고 난 후

⇧은 밤과 낮을 시소에 앉혀 무게를 맞추었고
⇑➡↘↙↙↘⇧은 뒤섞여 ⊙이 되었다

이규열

1993년 『현대시학』으로 등단
시집 『왼쪽 늪에 빠지다』 『울지않는 소년』
시전문계간지 『신생』 편집인
신생인문학연구소 운영중임

外道 1

다시 쓰기 시작해야 하는 밤이다
낮에 걸어온 길에서 벗어나
밤이 되어야만 항문과 구강의 위치가 없어지고
밤이 되어야만 손과 발의 역할이 불분명해지고
주체와 객체의 습관에서 벗어나
자아와 무의식의 차이가 없어지고
이기와 이타의 순서가 뒤바뀌며
밤이 되어야만 순수와 혼탁이 동시에 들어오고
밤이 되어야만 상처와 치유가 동일시되는
아아 밤이 되어야만 쓸 수 있는
이 지독한 정신적 자위행위는
길을 벗어났지만
언제나 경계에서 머무는
이 찬란한 외도는

外道가 오래되면 正道가 되듯이
오래된 밤은 이미 낮이다

外道 2

밤으로 가는 환승이역이다 낮은

어디로 가는 전철인지도 모르고
타는 것처럼 아침은 시작되고
어디를 가야 하나 깨달을 때쯤
하루는 훌쩍 속살을 드러낸다
쉽게 유혹당하는 비만한 일상 속에서
어디쯤 왔을까 뒤돌아보면
씩 웃으며 사라지는 길들
사이로 지나치는 역마다 만나는 화두들
어디서나 지난 삶과 다음 삶은 다른 이름인데
지나간 일상은 언제나 낮았기에 다음 일상으로 올라가
야 하는
높이 올라가는 그 이유가
단지 낮아지기 위해서라면
창 너머 길 위로 번지는 안개를 걷어내고
사리와 분별이 탈각된
낮에는 보이지 않는 길
그 길이 잘못된 길이라 해도

이제는 포기할 수가 없다

밤으로 가는 전철을 걸아타기 위해
뛰어야 한다 낮에는

外道 3

개는 짖어야 개가 되고
새는 날아야 새가 된다
사랑은 멀리 있어야 사랑이고
삶은 불완전해야 삶이다

개 같은 시가
날아오르자
불완전한 삶마저
더욱 멀어져 간다

강은 흘러야 강이 되고
산은 높아야 산이 된다.

이용우

2006년 『열린시학』으로 등단
한림의대 산부인과 교수
한림대학교 한강성심병원 산부인과 과장
E-mail: obgylyw@hanmail.net

늙은 호박을 위하여

감 붉어진 것은 잘 익었다 하고
호박 익은 것은 늙었다고 한다
가을 햇살 아래 다 같이 잘 익은 것이지만
호박은 익어서 늙어버렸다
꽃도 호박꽃이라 무심하더니
익어서 아름다운 날 늙어버리고 만다
그러나 호박은 늙은 것이 아니다
살은 젊어서부터 충만했으나
사리 같이 빛나는 씨앗 얻으려
그 살 다 버리고 여기까지 왔다
사람의 세월도 호박 한 덩어리 같으니
제 살 제 피 다 녹여 씨 얻는 일이
사람이나 늙은 호박이나 무엇이 다른가
사람이 젊은 시간에 제 생명 빚어내듯
호박은 늙은 것이 아니다, 호박은 지금
가장 빛나는 시간의 자리에 당도했다
황금 엉덩이로 튼튼한 가부좌를 틀고서.

사진기

커다란 외눈이지만 두 눈보다
그대 잘 따라갑니다
멀어지는 그대일지라도
언제나 내 시선 가까이에 있고
가까워지면 속눈썹 한 올까지도
헤아릴 수 있는 내 외짝 눈입니다
시샘하는 어둠이 그대 꼭꼭 숨겨 버려도
커다란 내 눈 한번 껌벅이면
그 섬광에 어둠도 놀라 달아나며
내 눈 안에 그대 오롯이 놓고 갑니다
두 눈으로 두리번거리는 세상
한눈만으로도 그대에게 충분한 나입니다
그대 슬픈 기억 곧잘 지우기도 하고
사랑 아닌 곳 한점도 없는 그대를
고스란히 내 한눈에 차곡차곡 담습니다
그대, 외로운 시간에도 당신 들춰보느라
나는 마음대로 외로울 수도 없습니다
그대 향해 깨어 있다 한 번도 잠들지 못한 눈
한 방울 눈물마저도 없습니다.

되새김질하는 一生
— 퇴직, 그 후

누런, 한 마리의 조선朝鮮 소가
한 집안의 탑塔과 같던 시절 있었다
가난한 눈빛들은 탑을 보며 염원했으니
멍에 쓰는 것은 오직 소의 일이었다
누가 벗겨 주기 전에는
스스로 벗을 수 없는 멍에
그것이 일소가 사는 일이었다
그것이 이 땅의 가장家長이 사는 일이었다
신의 성전도 영원할 수는 없어
멍에 벗는 날은 기어이 오고
우상의 탑은 오래전에 허물어져 버렸다
이제부터 소가 할 수 있는 일은
허물어진 탑의 기단에 걸터앉아
용도폐기 도장 찍힌 삶 반추하는 일
생, 노, 병, 사 4개의 반추위胃에서
한 점의 살, 한 방울의 피까지 꺼내
꾸역꾸역 되새김질하는 일
되새김하며 속수무책 주름지는 일생
아아, 텅 빈 북소리 남자의 헛기침.

장원의

장안과 의원 원장 (안과 전문의)

전남의대 졸업, 고려대학교 대학원(의학박사)

대한안과학회 서울시 지회장 역임

고려대, 중앙대, 한림대 외래교수

대한미용외과 및 일본미용외과 학회 회원

전국경제인연합회 최고경영자과정 수료(30기)

에세이문학에 『연緣, 정情』으로 수필 등단

조선문학에 『소낙비』 외 4편으로 시 등단

서대문 문인협회 회장 역임

한국수필문학진흥회 부회장 역임

조선문학 문인회 회장

대한문학 운영위원장, 한국문인협회 회원

수필집 『빈자리엔 정 뿐이랴』『백년이 지난 후에』

시집 『이브가 눈을 뜰 때』『하늘공원』『길에서 길을 묻다』

풍시조 『풍시조로 세상 엿보기』『거울속의 세상』

대한 문학상 대상, 조선 시詩 문학상

실크로드

연옥 같은
강렬한 땡볕의
사막 가로질러
서역으로 가는 길
낙타의 슬픈 울음소리가
일몰을 재촉한다.

구도의 길도 대상의 길도
열사에서 열사로 이어지는 고행의 길
옛 분들 족적을 따라 밟은
나그네 발걸음도 무겁기만 하다

세월을 비단 폭처럼 말아 감은
실크로드 루난汝南의 길목에서
모래바람으로 풍장한 영혼들
귀로는 동냥할 수 없는
선열들의 말씀을 듣는다.

다듬잇돌

불가촉천민처럼
엎드려 두들겨 맞으면서도
맞을수록 내세에 꿈을 다지며
행복해하는
안분지족의 처사

밟고
당기고
두들겨 맞고서야
소원 성취하는 부활의 꿈

씨줄 날줄 인고의 세월
활같이 구부러진 허리
물빨래처럼 쭈글쭈글한 어머니의 얼굴
쫙 펴 드릴 순 없을까

바간(Bagan/미얀마)

성전 너머로
붉게 물든 석양빛이 찬란하다
한낮의 이글거리던 태양도
황금빛 쉐지곤 탑도
번성했던 바간왕국처럼
어둠 저쪽으로 사라진다

천 년 전 2,500개의 탑을 세우고 공덕을 쌓아
극락왕생을 빌던 중생들이나
서방정토를 꿈꾸던 왕조는
희미한 역사의 한 페이지일 뿐

번뇌를 씻으려는 고행보다
인생의 무상함에 숙연한 마음 안고
길게 늘어진 탑의 그림자 밟으며
나그네는 발길을 돌린다.

유 담

본명 유형준
서울대 의대, 대학원(의학박사)
내분비내과전문의
1998년 『문학예술』, 2013년 『문학청춘』으로 등단
시집 『가라앉지 못한 말들』 『닥터 K』
시와 산문집 『쉼표 그리고 느낌표』 『그리운 암각화』 등
현재 한림의대 내분비내과 교수로 의료인문학 강의
한국의사시인회 회장
함춘문예회 회장
E-mail : hjoonyoo@gmail.com

습관의 진화

귀머거리로 돌아다니다
그 노래에 닿아 자리를 폈다

먼저 나선 리듬이 뒤따르는 리듬 더러
앞서 내민 발등에 허리를 얹고
그 허리에 가슴을 휘감아
자리에서 구르라고 속삭인다
리듬에 듬뿍 섞여 구르라고

속삭임에 흔들린 살이 흔들리지 않은 살에게
알몸 보인다 알몸 보인다 해도
몸을 흔들고

먼저 켜진 조명이 나중 켜진 조명에게
눈 감으라고 꼭 감으라고
눈을 깜박거린다
불 끄는 것은 눈 감는 것이라며

버릇이 버릇을 닮는다

버릇대로 닮는다

네 것과 내 것이 끌어안고
너와 내가 멋대로 돌고 돈다
제대로 엉켜 알몸을 듣는다

가을 능소화

내가 본 것은 불이었다
겹겹이 뚫고 나와 웅성거리는
고생대의 불씨들

사무침의 담장에 기대어
물끄러미 공중에서 부는
한 줌의 가을만으로도
활활 타오르는

온몸에 돋은 것은 열꽃이었다
진피 헐도록 냉정치 못한
여름의 천둥들
소나기들
붉은 반점들

만발에 지쳐
타다 남은 가을보다
더 사무치는
별똥별들

흙으로
저 깊이 지층으로

가을에 떨어지는 것은 화석이 된다

스케이트를 틀다

시청 앞 분수대 터라고 해야 더 잘 알아듣는
수십 년 종종걸음들이
스케이트를 신고 축음기 위에 오르다

지치는 속도대로 바람이 갈리고
바람따라 음표도 조 바꿈을 하여
몇십 년 얼어있던 분수가 솟구쳐 내리며
노래가 돌아간다

시계 반대방향으로 돌아야 안전하다
노래도 거꾸로 듣고 불러야 순하다
눈 내리고 낙엽 지고 소나기 부어
꽃 피고 돋는 싹

쌓인 두께만치 추억이 미끄러져 돈다
이미 새겨진 트랙을 따라 도는 바늘
깊게 팬 생채기에선
어김없이 딸꾹질하며 명치가 시큼하다

날 세워 딛는 걸음은 훨씬 더 조심스러워
들뜬 높이만큼 구푸려야 마음먹은 대로 들린다
소나기 얼어 꽃 피는 소리
얼음 들판 서성이던 달빛이 일구는 바람 소리

새롭게 듣고 다르게 반복하는 회전이
종아리에 뻐근하다

서홍관

의사. 시인. 의학박사
1983년 서울대학교 의과대학 졸업
1985년『창작과비평』으로 등단(신경림, 이시영 시인 추천)
서울대학교병원에서 가정의학 전문의과정 수료
서울대학교 의과대학에서 의학박사 취득
미국 매사추세츠 주립대학병원에서 방문교수로 연수
1990-2003 인제대학교 서울백병원 가정의학과 과장
인제의대 의사학 및 의료윤리학교실 주임교수 등 역임
2003년부터 국립암센터 암예방검진센터 및 금연클리닉 책임의사
2008년부터 2011년까지 대한금연학회 부회장
2010년부터 현재 한국금연운동협의회 회장
2011년부터 현재 국립암센터 국가암관리사업본부장
현재 민족문학작가회의 이사. 어린이의약품지원본부 이사
시집『어여쁜 꽃씨 하나』『지금은 깊은 밤인가』『어머니 앓통』
수필집『이 세상에 의사로 태어나』
아동용전기『전염병을 물리친 빠스뙤르』『궁금해요 의사가 사는 세상』
역서『히포크라테스』『미래의 의사에게』등
E-mail: hongwan@ncc.re.kr

랑탕 계곡에서 생긴 일

히말라야의 아침을 맞아
동네를 돌아다니며 사진을 찍는데
돌로 담을 쌓던 아주머니가 나를 불러 묻는다.

어디서 왔소?
한국이오.
아 그렇다면 우리 아들 라줄 라마가 한국에서 돈 벌고
있는데
갸가 보낸 돈으로 집을 이렇게 짓고 있다고
아들에게 사진을 보여줄 수 있겠소?
아 그러다마다요.

집을 짓는 여인네와 집터를 잘 찍고
아예 여동생까지 가족사진을 찍은 뒤
전화번호를 적어왔다.

인천공항에 내려 집으로 가는 길에
제일 먼저 라줄 라마에게 전화를 걸었는데
"이 전화번호는 결번입니다.
다시 확인하시고 걸어주시기 바랍니다."

생활 지도교사의 하루

몰래 담배 피우는 학생들을 잡아들여서
한마디 했다.

"늬들 담배가 얼마나 해로운 데 담배를 펴?"
일 초도 안 되어 반격이 날라왔다.
"선생님도 피시잖아요?"

얼굴이 시뻘게진 선생님, 홧김에 내뱉었다.
"그래. 나도 안 필 테니까 늬들도 끊어."

막상 끊으려 하니
쉬는 시간마다 담배 생각이 간절하다.

애들이 볼까 두려워
차를 몰고 나가서 학교를 멀리 돌면서
차 안에서 한 대씩 피운다.

산마르코 광장

베니스의 산 마르코 광장에서 우리는 만났던가. 비둘기 떼 지어 푸드득 날고, 우리는 낯선 이방인. 산타 루치아를 부르는 베네치아 청년이 곤돌라를 타고 지나갈 때 우리는 눈빛을 아껴가며 서로를 보았던가. 너는 남쪽으로 떠나가고, 긴 그림자 위로 회색빛 비둘기 깃털이 날리고, 그 위에 나의 더운 눈물 한 방울 떨어졌을 때, 너도 나도 뒤를 돌아보진 못했지.

진료실의 시인들, 청진기 대신 펜을 들다

이 승 하(시인 · 중앙대 교수)

　의사와 시인. 얼핏 생각하면 둘 사이의 거리가 무척 멀게 느껴진다. 하지만 사람의 몸과 마음의 병을 치료하는 의사와 사람의 생로병사에 대해 고뇌하는 시인은 다 사람을 '낫게 하는(healing)' 존재라는 점에서 동료라고 볼 수 있다. 게다가 정신과 의사라면 그 거리는 더욱 가까워진다. 이 땅에 한국의사시인회가 만들어진 것이 2012년 6월 9일, 동인시집 『닥터 K』가 나온 것이 2013년 6월 29일이었다. 25명 회원들이 의사로서 바쁜 나날을 보내는 와중에 시상을 떠올리고, 초고를 쓰고, 퇴고와 정리를 하고, 시집을 묶어냈다. 주기적으로 모여서 식사도 함께하고 술도 함께 마시는 것으로 안다. 이번에 제2집을 준비 중인데 해설의 글을 쓰게 된 것을 기쁘게 생각한다.

　세계문학사를 살펴보면 의사를 직업으로 갖고 있던 사람이 적지 않다. 독일의 의사로서 시인과 소설가로 활동한 한스 카로사(1878~1956)가 제일 먼저 떠오른다. 카로사는 1903년 의사 시험에 합격, 결핵 전문의인 아버지의 대를 이어 의사가 되었다. 제1차 세계대전 때에는 자원입대, 군의관으로 종군하여 부상을 입기도 했다. 처음에는 시를 썼으나 『뷔르거 의사의 운명』을 비롯하여 자신의 체험에 바탕을 둔 자전적인 소설을 다수 썼다. 나치 정권이 수립되면서 예술원 회원으로 추천되었지만 사퇴하여 정권의 미움을 샀다. 1942년 독일 국내에서 결성된 유럽작가동맹에 회장으로 강제로 취임하여 괴로운 나날을 보냈다. 두 차례 세계대전 사이에 뮌헨시 작가상과 괴테상을 받아 문학적 능력을 인정받은 카로사는 죽기 직전에는 독일연방공화국이 주는 공로대십자훈장을 받았다. 시인으로서의 카로사는 1977년 민음사 세계시인선 75번 『빛의 비밀』이 간행되면서 우리나라에도 알려졌다.

죽어갈 수밖에 없는 모든 이를 위해
나는 잔을 가득 채워준다
마신 뒤에도 언제까지나
취기가 감도는 잔임에랴.

백열을 내뿜으며 이네들은 가라앉는다.
그러면 이네들 시체 위에는
마지막 상념의 날개가
아름답게 펼쳐진다

지난날에는 꿈에도 비치지 않던 상념
적막한 얼음의 고향땅 위에 맴도는
갈매기 떼 모양.

―「죽음의 찬가」 부분

독일군 군의관으로 종군하여 동부전선 루마니아에서
부상병들을 치료한 경험을 바탕으로 소설『루마니아 일
기』를 쓴 카로사는 죽어가는 병사들을 위한 진혼가 같은
시를 썼다. '현대의 괴테' 혹은 '현대의 고전주의자'라고
일컬어지는 그는 휴머니즘에 입각하여 시와 소설을 썼
기에 시집 번역자 전광진은 "고통과 상처의 시가 아니라
쾌유와 자유의 시"를 썼다고 평가하였다.

독일의 제1차 세계대전 종군 시인으로 고트프리트 벤
(1886~1956)도 있다. 마르부르크 대학에서 신학과 철학
을 공부한 뒤 베를린 군의학교에서 의학을 전공하였고
졸업 후에는 피부과·비뇨기과 의사로서 베를린에 정착
하였다. 1912년에 대단히 전위적인 처녀시집『시체공시
소』를 발표하여 큰 반향을 불러일으켰다. 표현주의와 니
체의 영향을 바탕으로 출발한 그는 니힐리즘 초극의 가
능성으로서 나치즘을 찬양했지만, 곧 자신의 잘못을 깨
닫고 펜을 놓고는 '망명의 귀족적 형식'을 선택하여 제2
차 세계대전이 일어나자 50대에 다시금 군의관으로 참
전하였다. 종전 뒤에 시집『정학적 시편Statische Gedichte』
을 발표하여 세계적인 명성을 얻었다. 초기 시에는 성도

착과 매춘, 성병 등 의학적 측면이 중요한 주제였는데,
첫 번째 아내의 죽음과 친구로 지내던 한 여배우의 자살
의 영향이 짙게 나타나 있다. 인간 내면의 어둠을 집요
하게 파고드는 표현주의 성향 때문에 나치 정권은 작가
와 의사로서 그의 직업에 제재를 가했으며, 1937년에는
작품 발표를 금지했다.

> 이름 모르게 죽은
> 한 창녀의 외로운 이빨에
> 금니가 달려 있다.
> 나머지 이빨들은 마치 조용히 약속이나 된 듯
> 빠져 있었다.
> 시체 치우는 인부가 그 금니를 뽑아서
> 전당 잡힌 뒤 춤추러 갔다.
> 그럴 것이, 그는 말하기를,
> 흙만이 흙이 되어야 하니까.
>
> —「순환」 전문(김주연 역)

> 베를린의 가장 불쌍한 여인네들
> —방 하나 반쪽에 있는 열세 명의 아이들,
> 창녀들, 포주들, 쫓겨난 사람들—
> 여기서 그들은 육신의 괴로움으로 흐느낀다.
> 그토록 슬픔 흐느낌 있으랴.
> 그 어디인들 여기처럼
> 아픔과 고통의 모습 보이리,

이곳은 끊임없는 오열의 도가니.
　　　　　—「진통하는 여인의 방」 제1연(김주연 역)

　전쟁 중 벤에게는 창녀들의 성병 여부를 조사하는 임무가 부여되었다. 성병에 안 걸린 여성은 전장에서 막 돌아온 군인들의 접대부가 되게 하였고, 성병에 걸린 여성은 후방으로 보내 치료를 받게 하였다. 창녀들 중에도 임신한 여성들이 있어 그들의 아기를 받아내어 고아원에 보내거나 입양을 주선하는 일을 하였다. 매일 수많은 여성의 성병 감염 여부를 관찰해야 했던 시인의 고뇌가 이런 시를 쓰게 했을 것이다.

　전시 상황 하에서의 군의관 시인의 고뇌는 자살에 이르게도 하였다. 오스트리아 잘츠부르크 태생 게오르크 트라클(1887~1914)은 약학 석사학위를 받고 군의관이 되었다. 오스트리아와 헝가리가 세르비아에게 선전포고를 함으로써 제1차 세계대전이 일어나자 트라클은 자원입대해 약정국 소속 약사 시보로 일선에 배치되었다. 섬약한 기질의 트라클은 부상병의 자살, 탈영병들에 대한 교수형, 포로의 자살 등 끔찍한 광경을 계속해서 보게 되자 마약에 손을 대게 된다.

　인류는 포구砲口 앞에 세워졌다.
　북소리는 그칠 줄 모르고, 검은 전사들의 무수한 이마,
　피어린 안갯속을 걸어가는 발자국 소리, 검은 쇳소리가

171

요란하다.

절망, 슬픔으로 가득한 밤.

서성이는 에바Evas의 그림자,

사냥 그리고 번쩍이는 금화.

구름을 가르는 빛, 만찬.

양식과 포도주에 온화한 침묵이 흐르고,

거기 열두 사람이 모여앉아 있다.

깊은 밤, 올리브 그늘 아래서 외친다.

성 토마스가 흉터에 손을 댄다.

— 「인류」 전문(윤동하 역)

　제1차 세계대전 때 군인 830만 명이, 민간인 1,300만 명이 죽었다. 트라클은 전장에서 부상자들에게 모르핀을 주사하는 임무를 수행하다가 자살을 기도한다. 자살 기도자였기에 군 정신병원에 입원해 감시를 받게 되었는데 야전병원 약국에서 몰래 가져온 코카인을 흡입, 심장마비가 와서 스물일곱 나이에 죽었다. 하지만 독일어로 쓴 그의 시집 『시집』은 독일 표현주의의 대표적인 시집으로 높이 평가되고 있다. (게오르크 트라클의 생애와 시 세계에 대해서는 『세계를 매혹시킨 불멸의 시인들』(문학사상사)이란 책에서 30쪽에 걸쳐 상술한 바 있다.) 또 다른 의사 출신 문인으로는 러시아의 소설가 안톤 체호프(1860~1904)와 일본의 소설가 모리 오가이(1862~1922)를 들 수 있다.

체호프는 모스크바 대학 의학부 출신으로서 의사 활동보다는 소설과 희곡 쓰기에 전념하였다. 러시아 중편소설의 정수를 보여준 그는 생의 후반기에는 희곡 쓰기에 전념, 「갈매기」「바냐 아저씨」「세 자매」「벚꽃 동산」 등을 썼는데 이들 작품은 지금도 전 세계에서 끊임없이 공연되고 있다.

오가이는 도쿄대학 의학부를 나와 독일 유학을 하고 돌아온 뒤 육군대학 교관을 거쳐 군의총감·의무국장 등을 역임하고 나서 퇴역, 제국미술원장 등을 지냈다. 소설과 번역서 말고도 평론집·역사물 등 다방면에 걸쳐 저술 활동을 했으며, 1956년 이와나미 서점[岩波書店]에서 발간한 『모리 오가이 전집』은 53책의 방대한 분량에 이른다. 이 밖에도 실러·코난 도일·서머싯 모옴·루쉰 등이 의사 면허증이 있는 문인이었다.

국내에도 의사 문인은 대단히 많다. 경북대 의대를 졸업한 병리학자로서 부산 고신대 의대 교수를 지낸 허만하(1932~) 시인이 대표적이다. 연세대 의대와 서울대 대학원을 나온 마종기(1939~)는 황동규·김영태와 함께 동인을 결성해 동인지 『평균율』을 내다가 도미, 오하이오 주립대학교 의대 소아과 임상교수를 거쳐 그 대학의 아동병원 초대 부의장과 방사선과 과장을 거쳤다. 정영태·배광훈·이상호·강경주·김경수·정재영 등의 시인, 전용문·강동우 등의 소설가가 의사라는 현업을 갖고 있으면서 시와 소설을 썼다는 점에서 문단의 화제를 불러 모으기도 했다.

한국의사시인회의 시인들은 일단 의사로서 실력이 쟁쟁한 분들이다. 전공분야에서 확실하게 자리를 잡은 이후에 시를 써 시인이 된 경우가 대부분인데 이미 대학시절부터 시작에 관심을 가져 습작을 했던 분들도 있다. 26명 동인이 3편씩의 시를 냈는데 간단한 인상기를 써볼까 한다.

김대곤은 전북도민일보 신춘문예와 『시대문학』 신인상으로 등단한 시인이자 전북대 의학전문대학원 원장을 역임한 내과와 소화기내과 전문의이다.

　　철없던 의예과 시절
　　젊은 혈기로 성토대회에 뛰어들어
　　데모대 교문 뚫고 시가지로 진입했다고
　　초승달 뜬 자정 무렵 경찰서 연행되었어
　　밤새워 추궁당하고 조서 쓰고 탈진한 아침
　　이모부 유치장 밖 불러내어 뜨거운 국밥 한 그릇 불러주었지
　　그 눈물과 콧물이 뒤범벅된 국밥 한 그릇
　　국밥 그릇 감싸 안고
　　목메어 감사하다는 말할 수 없었어
　　　　　　　　　　　　　　　—「국밥 한 그릇」 제3연

의대 예과 시절에 데모에 참여하며 경찰서 유치장에

간혔을 때 찾아온 이모부가 고생한다고 국밥을 사주었다. 눈물과 콧물이 뒤범벅된 국밥을 먹고는 목이 메어 감사하다는 말도 못했는데 세월이 흘러 그 이모부가 "중환자실에 야윈 얼굴로 산소마스크"를 쓰고 누워 계시다. 그때의 그 국밥을 '유언'으로 인식하는 것은 의사의 판단이 아니라 시인의 마음이다. 멸종 위기에 이른 두루미들에 대한 안타까운 시선(「안변 프로젝트」), 생사의 갈림길에서 사지로 가고 만 사람에 대한 착잡한 심정(「전화기」)도 시인의 마음이기에 갖게 된 것이 아닐까 한다. 그러고 보니 김대곤 시인은 시집을 6권 출간한 중견시인이기도 하다.

김춘추는 가톨릭대의대 조혈모세포 이식센터 소장을 역임한, 우리나라에 몇 안 되는 혈액 전문가이다. 시집도 여러 권 상재한 가톨릭대의대 명예교수 김춘추 시인은 자신의 유년기 회상을 「어린 순례자」라는 장시로 행하고 있다.

> 둑길을 지나 전라도 광양 땅이 빠끔히 보이는
> 신작로로 접어들면 소년은 달리고
> 달릴 줄만 아는 새끼 고라니이거나
> 노루 새끼이고 싶다 사십 리 길 신작로는
> 비단길이다 깜장 조약돌이 흑요석처럼 깔린
> 월곡을 돌아 꼬부랑 굽이를
> 몇 굽이 더 도니 오, 관음포!
> ─「어린 순례자」 제3연

경남 남해 출신인 김춘추는 삼일 만세 소리가 제일 먼저 터진 탑동 장터와 조상이 줄줄이 묻힌 심천리도 떠올려보고, "시앗을 봐 속이 밴댕이 젓갈이 된 고모"와 "풋콩 잘못 주워 먹고 세 살에 죽은/ 희자 누야"도 떠올려본다. 우리는 십 년이면 강산도 변한다고 했고 중국인들은 '桑田碧海'라고 했다. 쏜살같은 세월의 흐름을 누가 막으랴. 바닷가에서 자란 시인은 「海霧」와 「臥溫에 오면」에서도 바닷가 풍경을 시의 화폭에 담으며 그리움에 눈물짓는다.

인제대학교 총장이며 인제대학교 백중앙의료원 명예의료원장인 이원로는 미국의 내과전문의, 심장내과 분과 전문의, 노인병학 전문의 자격증을 갖고 있는 한국의학계의 '원로'이다. 시를 보면 뜻밖에도 감성이 대단히 여린 분임을 알 수 있다.

각도를 조금만 틀면
궤도를 살짝만 돌리면
보이지 않던 별이 보인다
들리지 않던 노래가 들린다

죽을 것 같지 않던 것이 죽는
짧은 날의 슬픔이 지나면
살 것 같지 않던 것이 살아나는

긴 날의 기쁨이 솟아오른다

기적들 중의 기적
삶이 흐른다
신비들 중의 신비
눈물이 흐른다

—「긴 날의 기쁨」 전문

그동안 수많은 환자를 보았을 것이다. 살아나 퇴원을
한 이와 끝끝내 사지로 가고 만 이를 수도 없이 보았겠
지만, 생명체는 그 낱낱의 것이 기적이고 생로병사도 기
적적인 일임을 누구보다 잘 알고 있는 이가 쓴 시이다.
생명의 근원적인 것에 대한 탐색은 「삼월의 창」과 「추수」
에도 잘 나타나 있다.

경북대의대 출신으로 대구에서 내과병원 원장으로 있
는 박언휘는 분주한 일상 가운데서도 시인인 자기 자신
을 위해 처방전을 쓴다.

늦은 밤
불빛조차 지친 진료실에서
나를 위한
오늘의 마지막 처방전을 쓴다
파릇한 시의 잉태를 위한,
건강한 출산을 위한,
습작習作 수액 주사

용량 제한 없음

— 「처방전」 마지막 연

여느 의사라면 늦은 시각이면 일과에 지친 몸을 이끌고 귀가하여 쉴 텐데 박언휘 원장은 그때 비로소 시인으로서의 자신을 만나는 시간을 갖는다. 의술이 아닌 인술을 베풀고자 하는 정신은 시로써 타인에게 위안을 주고자 하는 시심과 크게 다르지 않다.

아침이면 들려오는 갖가지 소리들,
소음과 괴성을 참으며,
환자들이 호소하는 이명耳鳴에는 처방을 내리고,
오늘도 정성을 다해 치료하며
치유의 기쁨을 누리게 해주십사고
환자를 볼 때마다 기도하는 순간,
눈 감지만 이 시간은 평화입니다.

— 「기도」 마지막 연

전국의 모든 의사가 박언휘 의사와 같은 마음으로만 진료하면 환자들의 존경을 받고 신뢰를 얻을 것이다. "치유의 기쁨", 사실 의사라는 직업은 정말 좋은 직업이다. 병자를 치료하여 고통을 덜어주고 병을 낫게 하고 목숨까지 구하는 일은 아무나 할 수 있는 일이 아니다. 인간을 구하겠다는 휴머니즘이 없으면 의사 생활은 힘들고 고달픈 중노동에 지나지 않을 것이다.

정의홍은 서울대의대를 졸업하고 인제대의대 백병원에 재직하다가 도미, 하버드대의대 부설 병원과 연구소에서 일하였다. 3권의 시집을 냈고 지금은 고향 강릉에 거주하고 있다. 그는 자신의 의사로서의 삶이 과연 남들보다 훌륭한 것이었나 회의하고 있다.

> 춥거나 덥거나 일 년 삼백육십오 일
> 힘들고 거친 일 허리 휘어질 때까지 일해도
> 먹고 사는 일조차 만만치 않은 분들에게
> 조금 더 배웠다고 선생님 소리 들으며
> 조금 더 배부르고 더 편히 산다는 게
> 때로는 민망하기도 송구스럽기도 하다
> 내가 죽어 행여 바늘귀를 통과하여
> 천국 근처를 얼씬거리게 된다면
> 천국 아파트 지하층에 들어갈 자격은 있는 것일까
> 한 줄 햇살이 호사스러운 지하층에
> ─「천국 아파트」 마지막 연

이러한 자기반성은 결국 보다 나은 자아정립으로 나아갈 수 있게 한다. 사회적으로도 존경받고 경제적으로 안정된 직업을 가져온 자신이지만 늘 깨어 있는 양심으로 살아왔는지 시를 쓰면서 반성하고 있는 것이다.

김현식은 전남대의대를 졸업한 외과 전문의이다. 시집

『나무늘보』도 좋았지만 산문집 『시의 향기』는 이 땅, 이 시대 시인들의 대표작에 대한 성실한 평설이라 의사 김현식이 공부하는 시인이기도 함을 세상에 천명한 저서이다.

> 붉은피톨이 흘러가다 얼어붙어 멈춘 곳에
> 붉은 모래 알갱이로 모여 속 꽃을 피운 곳
> 흡혈귀의 전설이 되살아나고 피의 향연이
> 재연된다
>
> ―「화」 제1연

> 뜻하지 않은 절벽과 수렁 때문에
> 무한한 나락 속으로 추락해 갔다
> 진이 빠진 날의 초라함은 세상 끝처럼
> 느껴지기도 했다
>
> ―「제2악장」 제4연

이런 비극적인 세계관이 어디에서 연유한 것인지는 알 수 없지만 시인은 절망하고 애통해한다. 절망을 해본 사람이 희망을 꿈꿀 수 있는 것일까, "어둠 속 불빛과 외로운 가로등과/ 언덕 위의 꼬막집들에서/ 새나오는 수선한 빛들의 속삭임이/ 희망을 얘기하고 있지 않느냐"(「미명」)고 반문한다. 시인은 생로병사의 쳇바퀴를 굴리지 않을 수 없는 우리에게 새벽을 기다리며 살아가라고 말하고 싶었던 것이 아닐까.

황건은 인하대병원 성형외과에 근무하면서 인하대의
대에서 '문학과 의학'을 가르치고 있기도 하다.

> 무릎을 베고 누워서
> 당신 손길을 기다립니다
>
> 팽팽하게 당겨주셔요
> 따뜻하게 안아주셔요
>
> 열락悅樂의 산으로
> 눈물의 폭포로
>
> 머리에 흰 눈이 내리고
> 가슴엔 붉은 꽃이 필 때까지
>
> ─「거문고」 전문

열렬하고도 처절한 사랑 노래이다. 거문고는 누군가
자신의 몸을 팽팽하게 당겨주거나 따뜻하게 안아주어
소리를 낼 수 있게 했을 때 비로소 존재의 값어치를 획
득한다. 마지막 연은 '老'와 '死'의 세계일 터인데 그렇게
되기 전에 거문고는 악공이 자신을 열락의 산, 눈물의
폭포(기쁨의 눈물이리라)로 데려가 주기를 기다리고 있다.
여기서 거문고는 물론, 이성의 손길을 기다리는 여인의
객관적 상관물이다.

연세대의대 출신으로 강서구에서 이비인후과 병원을
경영하고 있는 홍지헌 시인은 무척 가족적이며, 마음이
여리고 가슴이 따뜻한 분이다. "가족끼리 친구끼리／ 같
은 옷만 입어도 행복하던 시절"(「색 바랜 티셔츠」)이라고
말하는 그는 독서실에서 고시 공부를 하는 아들이 안쓰
럽다.

> 모두가 사랑하고 존경하던
> 이원상 교수님 돌아가셨다
> 일 년을 기다리다 입원한
> 청신경 종양 환자 두개저 수술
> 하루 전날 돌아가셨다
> 환자는 황망히 집으로 돌아갔을 것이다
> 새해 첫날
> 교수님은 하늘로 가시고
> 나는 문상 갔다 터벅터벅 집으로 돌아왔다
> 돌아오고 돌아가는 발자국들
> 집과 하늘 사이에 어지럽다
> 남아 있는 사람들 흉중에
> 회오리치는 바람
> 어디로 돌아갈까
>
> ─「집과 하늘 사이」 전문

집은 지상에 있고 하늘은 저승세계, 즉 천상이다. 우
리는 한 생애 내내 어떤 길을 걸으며 어떤 발자국을 찍

으며 살아가는 것일까. 의사이기에 생과 사의 비밀을 보통사람보다 더 잘 알고 있겠지만, 은사님의 선종을 접하고 시인은 환자가 황망히 '집'으로 돌아갔을 것이라고 생각한다. 홈 스위트 홈, 내 집만 한 곳은 이 세상 어디에도 없으리.

가정의학과 전문의로서 2권의 시집을 상자한 바 있는 한현수는 간이역이건 진달래꽃이건 간에 이를 여성의 몸으로 환치하여 독특한 시상을 전개한다.

　　그녀의 몸을 열차가 지나다니고 있다
　　그녀의 주름살은 기찻길을 닮아 있다

　　머리에서 발끝까지
　　그녀의 늘어진 풍경 안으로
　　빨랫줄 당기듯 기차 소리가 들어온다
　　그녀의 하루는 기찻길을 따라 펄럭인다
　　　　　　　　　　　　　　　　　　 —「간이역」 제1, 2연

　　그녀를 보면 끝, 이란 말이 낯설다
　　나뭇가지 끝에 꽃핀다는 말은 수정되어야 한다
　　끝, 이라 부르는 게 그녀에게 시작점이니까
　　시작하고 다시 시작하는 자리가
　　그녀가 돌아오는 그 자리이니까

　　그리하여 그녀의 알몸은 앞모습뿐이라고

기억하기는
그녀 뒤로 숨은 그늘을 찾기가 어려웠으므로
—「진달래꽃 같은」 제2, 3연

예로부터 여성의 몸은 수많은 조각가와 화가의 예술혼을 뒤흔든 창작의 원천 소스였다. 비너스를 그린 그림이나 다른 그리스 여신들을 그린 그림이나 서양의 미인도는 알몸인데 시인도 여성의 옷을 벗긴다. "그녀를 만지는 것이 살 떨리어서/ 내가 그녀 속으로 들어가 있다, 라고만 말한다"는 「진달래꽃」의 결구는 시인의 미의식이 상당히 감각적임을 말해준다. 「중년」이라는 시에서는 "여자야 너의 직설적인 말씨가 나를 아프게 해 내 말에 왜?란 말을 달지 말아줘 인디고란 풀로 파란 염색물을 만든다고 하지 우기 때면 널찍한 우물에 풀을 담고 철썩철썩 수천 번 초록 물결에 발길질하는 거지 사람들은 이때 파랑이 깨어난다고 믿는 거지 그러나 사실은 물에 멍이 들게 하는 거지 파도가 바위를 쳐서 파랑을 얻는 것처럼"이라는 대목이 나오는데 대단히 눈부신 감각적인 표현으로서 우리 시단에 한현수만의 독특한 세계가 펼쳐질 것임을 예감게 한다.

피부과를 전공해 전문의를 딴 전남대의대 출신 시인 나해철은 1982년 〈동아일보〉 신춘문예에 「영산포」로 등단한 이후 창비에서 시집을 여러 권 출간한 중견시인이다. 향가인 「헌화가」를 패러디한 시는 상당히 많으니 다른 두 편의 시를 보자.

살 속에 접힌 날개가 퍼덕거릴 때
산꼭대기 돌무더기에 올라
푸른 하늘 멀리 그대를 그리리다

솔숲 진한 향내에 취해
한 시절 낯선 사랑에 빠지셨던가
그리고 그리 슬피 우셨던가

여인이여
그대를 닮아 은빛 날개로
만월빛 알로 이 세상에 왔으나

나 서럽지만은 않은 날들로
슬픔의 천년 왕국을 세우리니

드높은 머리 위에서
언제나 푸르르시라

                              ─「계림에서 울다」부분

그대 가는 길을 그대라 생각하고
길 위에 온몸을 돌탑으로 세운 일

그대는 지나쳐가고

185

그대는 스쳐 흘러갈 뿐인데

처음 그대를 만난 그 저물 무렵부터
이 자리에 움직이지 못하고 서 있네

다가오던 그대 한 번 안아보려
팔 활짝 벌린 그 몸짓 그대로

—「다리」 부분

　고전의 바다에 띄운 배가 참으로 아름답다. 이 두 편의 시도 수로부인에게 돌산 봉우리에 피어 있는 꽃을 따다 바친 노옹의 심정과 크게 다르지 않다. 신화의 시대나 설화의 시대나 산업혁명의 시대나 정보통신의 시대나 "영원히 여성적인 것이 우리를 이끈다"(괴테). 시인은 고풍스러운 어투로 이 시대의 헌화가를 사랑의 기쁨과 이별의 아픔을 아는 아름다운 여인에게 바치고 있다.

　나라정신건강의학과 원장인 박권수는 소외된 자들, 혹은 이 땅의 장삼이사들에 대한 관심을 잃지 않고 있다. 지하철 옥수역에서 타고 내리는 승객들을 유심히 보기도 하고(「옥수수」), 외로운 화성 고모님의 "이제 보면 또 언제 보겠냐"(「화성고모」)고 하신 말씀을 반추하기도 한다.

차 옆을 스쳐 가는 종촌리 1구
문패 없는 대문 사이로 주인 없는 바람들이 놀고 있다

묵은 씨래기 서걱거리는 가슴
연기 없는 굴뚝에 기대어 선 감나무
담벼락 구멍을 따라 삽짝 앞에 서서는
떠남, 기억하지도 말고
흙, 잘 간직하라고
                              ―「늦은 가을」 제2연

　시골에 가보면 빈집이 많은데 그런 집들의 을씨년스러
운 풍경을 잘 묘사하고 있다. 인간에게는 모성이나 고향
은 대체로 원천적인 그리움의 대상이다. 고향이란 곳은
언제든 찾아갈 수 있을 때 마음의 둥지가 될 수 있다. 그
래서 고향이 예전의 모습을 잃어버리게 되면 우리는 마
음의 둥지를 잃고 마는 것이다. 나중에 돌아갈 곳이 없
어졌다는 것, 그 쓸쓸함의 깊이를 박권수 시인은 잘 알
고 있다.
　연세대의대를 나온 신경정신과 전문의 신승철은 큰사
랑노인전문병원의 원장이어서 그런지 생의 비애에 대해
남다른 관심을 갖고 있다.

　지난 사십여 년은
　하룻밤이었다.

　하룻밤 사이에
　위염과 당뇨와 허리 디스크와
　만성 피로와 기관지염을 앓았다.

고스란히 내려놔야 할 것들이

　　　　　　　　　　　　　　　─「장독대」부분

　무병장수가 대다수 인간의 소망이지만 병마는 부지불
식간에 찾아온다. 납골당이나 공원묘지에 가보면 인생
의 종착역은 결국 죽음임을 알게 된다. 아옹다옹 아득바
득 살아보려고 하지만 저승사자는 늘 지척에서 기다리
고 있다. "내 죽은 뒤/ 마음이 없어진 뒤에야// 나는 비
로소/ 행복과 기쁨의 바다에 이르는 것일까."(「까치」),
"공을 들인 고통들이 일시에 바스러질까 봐// 공을 들인
고통들이 아무 보람도 없이// 허무하게 그냥 바스러질까
봐/ 두려워 몸을 숨긴 채// 가만히 너를 지켜만 보고 있
는 중이다."(「초봄」) 등에도 시인의 죽음의식이 잘 나타나
있다.

　신경정신과 의사인 김승기는 나무를 통해 인간 세상의
이모저모를 생각해본다. 나무는 한 자리에서 생을 다 보
낸다. 한 자리에서 생의 대부분을 보내는 사람은 신경정
신과병원에 입원해 있는 환자들, 혹은 교도소에 수감된
장기수들일 것이다.

　　숲길을 걸으며 자꾸만
　　밭머리 외나무 생각이 났다
　　그 나무는 왜 숲 속에 들지 못하지

그 사람 생각이 났다
                    ―「숲에 들지 못하는 나무」부분

뿌리를 내린다는 것은
그 자리에서 맨몸으로
긴 겨울을 나겠다는
단단한 결심이다
                    ―「겨울 숲」부분

숲길을 걷다가 문득 하늘을 올려다본다
겨울나무들이 나보다 키가 몇 배씩 더 크다
                    ―「날마다 남의 꿈속을 걸으면서도」부분

　나무는 수동적인 삶을 살아가는 존재인 것 같지만 실은 환경에 적응하고 천재지변과 싸우고 햇빛과 바람과 물과 공기를 잘 이용해 살아가는 영리한 존재이다. 인간이 오히려 어리석다. 주변 환경에 적응하지 못해 몸의 병, 마음의 병에 걸리고, 범죄를 저지른다. 사회에서 격리된 채 살아가는 사람은 숲 속(사회)에서 살아가지 못하고 밭머리에서 살아가는 저 외나무와 같은 것일 터.
　심장내과 전문의로서 광주보훈병원 심장혈관센터장으로 있는 김완은 의사로서 환자를 존중하는 마음을 갖고 있으므로 많은 환자와 보호자들의 존경을 받고 있을 것이다.

봄 들녘에 아지랑이 피어오른다

레지던트 수련 중에
스트레스 견디지 못하고
병원을 떠나는 전공의들
4월 초 담장마다
목련 두근두근 벙그는데
떠나는 이들의
까만 눈망울이 젖어 있다

유구무언

그럼에도 불구하고
환자가 우리들의 경전이다
—「환자가 경전이다」 전문

경전이란 무엇인가. 진리가 담겨 있기에 늘 곁에 두고
읽으며 마음의 거울로 삼는 책이다. 의사가 될 때 '히포
크라테스 선서'를 하는 이유는 의사에게는 환자를 자기
가족처럼 생각하고 돌보는 의무가 있기 때문일 것이다.
이 의무를 다하지 못하면 의사를 그만둘 수밖에 없다.
인내심과 체력이 필요하며 희생정신과 휴머니즘이 요구
되는 의사라는 직업에 대해 다시금 생각하게 해주는 시
가 아닌가 한다.

부산대의대를 나와 서울대의대 대학원을 거쳐 현재 성
균관대의대에 외래교수로 있는 내과 전문의 김세영은
「정읍사」나 「처용가」를 현대적인 감각으로 해석하고 재미
있게 변용하였다. 환상성이 더욱 잘 발휘된 시는 「가야
여인」이다.

　　선로를 복구한 경부선 야간열차를 타고 상경하다 깜박
　잠이 든다
　　가야 여인의 혼이, 뼈의 몸체 속에 들어가서 하룻밤 머
　문 후
　　새벽안개처럼 빠져나가는 것을 본다
　　그녀의 옷자락을 잡으려고 허우적거리다, 옆에 앉은 여
　인의 소매를 붙잡는다
　　낯선 여인의 비명에 꿈에서 깨어난다

　　시간의 단층을 파헤치다 지워진 지문의 손가락으로
　　밤하늘의 별자리를 차창 위에서 맹인처럼 더듬어본다
　　같은 시간 속의 별들이 서로 닿기엔 너무 멀듯이
　　같은 공간 속의 별들도 서로 닿기엔 너무 아득하다.
　　　　　　　　　　　　　　　　　　　—「가야 여인」 후반부

일종의 스토리텔링 기법으로 쓴 시이다. 가야의 여인
이 꿈속과 현실 세계를 넘나드는데 화자는 시간과 공간
의 제약에서 자유롭지 못하다. 인생이란 그런 것이다.
꿈을 깨면 일장춘몽이요 다시 잠들면 만리장성을 쌓을

수 있다.

　의정부에서 내과의원을 개업하고 있는 김연종은『문학과 경계』신인상으로 등단할 때 내가 심사를 했던 인연이 있다. 그의 2권 시집『히스테리증 히포크라테스』와『극락강역』은 대단히 훌륭한 시집인데 주목을 제대로 못받은 것이 안타깝다. 내과의사인데 현대인들이 공통적으로 조금씩 앓고 있는 신경정신적인 질환에 대해 관심이 많다.

　　건망증이 심해 내가 신고 다녔던 神을 어디에 벗어 놓았는지 헷갈린다 양복 윗주머니에 잘 모셔 두었던 우울과 몽상의 부스러기를 수거해 붉은 우체통에 살처분하고 나서도 내가 신었던 신발의 빛깔은 기억나지 않는다
　　　　　　　　　　　　　　　　—「Vertigo」제1연

　　센티멘털과 멜랑콜리를 극복하지 못해 사유의 연하곤란증을 겪고 있나요 초기 치매와 중증 건망증을 감별하느라거미줄처럼 얽힌 기억의 행간에서 꼼짝 못 하고 있나요
　　　　　　　　　　　　　　　—「가면우울증」제2연

　　입술과 항문과 성기가 없는 그곳으로 가면
　　술 마시지 않고도 잠들 수 있으리
　　촛농처럼 흘러내리는 고독을
　　한 줌 먼지로 방점 찍을 수 있으리
　　아직 내 몸을 빠져나가지 못한 맹독의 환상마저

알레르기 행진곡처럼
온몸을 붉게 물들이고 뇌 속까지 울려 퍼지리
　　　　　　　　　　　　　　　—「데스홀릭」부분

　스트레스는 만병의 근원이라 하는데 현대인 가운데 스
트레스 안 받고 살아가는 사람은 거의 없다. 우리 주변
에 건망증, 현기증, 편두통, 불면증, 강박증, 약간의 우
울증을 전혀 인지하지 않고 살아가는 사람이 있는가? 본
인은 고통스러워하는데 병원에 가면 병이 아니라고 하
는 경우도 있다. 시인은 "치료를 포기한 의사의 위로 한
마디에 다시 용기를 얻었나요" 하면서 현대인의 만성적
정신질환의 양상을 하나하나 기록하고 있다. 처방전을
쓰는 대신 원인 분석에 나선 이가 김연종 시인이다.
　충남대의대를 나온 외과 전문의 송세헌은 시간의 의미
에 대한 연구를 하고 있다. 순간이 쌓여 세월이 되고 세
월이 쌓여 역사가 된다. 「낙화―이형기 풍으로」는 개인
사와 한국 현대사의 관계에 대한 연구이고, 「대전역 구
두병원」은 인간사의 축도인 신발에 대한 연구이다.

무성한 베트남의 정글에
머지않아 열매 맺을 부하들을 묻고
하롱베이를 건너왔다

그들의 청춘은 꽃답게 죽었다

따라가자
피 묻은 손길을 흔들며
하롱하롱 꽃잎처럼 진 전우들 곁
현충원 병사 묘역으로
            —「낙화—이형기 풍으로」 부분

이력은 신발이 끌고 온 기행문
편력은 신발을 끌고 간 채색화
옥신각신 발바닥에 새긴 펜혹 같은 티눈
거개의 발병의 발병 원인은 신발에 기인한다
까치발로 까치발로 살아온 역마살이다
            —「대전역 구두병원」 전문

　앞의 시에서의 죽음은 전장에서의 죽음이므로 '장렬한 전사'라고 해야겠지만 실은 비명횡사에 가깝다. 뒤의 시는 살아가는 일의 팍팍함에 대하여 논한 것으로 보인다. "강아지마냥 대문 밖에 매어 있"는 "하얀 목련 한 그루"를 의인화한 「빈집」은 기억에 대한 연구인데 기억도 사실상 시간과 밀접한 관련이 있는 시어이다.

　한양대의대를 나와 흉부외과 전문의로서 한전병원에 근무하고 있는 김응수는 『나는 자랑스러운 흉부외과 의사다』 외 다수의 에세이집과 '닥터 콜롬보의 메디컬 에피소드'라는 부제를 단 의료인 위인동화 『의학의 달인이랑 식사하실래요?』를 2권이나 낸 저술가이기도 하다. 세계

사에 대한 공부가 『1694년 비망록』을 쓰게 했는데 궁극
적으로는 자신의 내면을 살펴보게 된다.

> 울적할 때면 가위로 머리를 깎는다
> 왼쪽에서 오른쪽으로 가위질하면 깎아지른
> 절벽에서 맨몸으로 아랫바람을 맞는 황홀감
> 머리를 감을 때면
> 우울을 꾹꾹 눌러주는 흐뭇함
> 샤워기로 머리털을 씻어내리면, 어여차!
> 수채통을 피해 뭉쳐져 유영하는 머리카락 덩이
> 참 어렵게 살아왔구나
>
> ─「머리를 깎다」 부분

> 몸보다 술이 지쳐 누운 새벽
> 목 마려워, 술 마려워 거울을 보다
> 헉~,
> 인기척에 식겁한 두꺼비 같은
> 내 안의 귀신
>
> ─「더불어 사는 세상」 부분

    소크라테스는 시장바닥을 헤매다니며 사람들에게 질
문을 해댔는데 그 중심된 질문이 "너 자신을 아느냐?"라
는 것이었다. 자기 자신을 모르고서 남을 평가하고 남을
탓하며 살아가는 우리에게 가장 필요한 질문이 "너 자신
을 아느냐?"라는 것인데 김응수는 바로 그 질문을 하고

있다. 먼 타인들, 혹은 가까운 이웃과 더불어 살아가기
위해서이다.

　부산대의대를 졸업하고 부산백병원 원장을 역임한 뒤
지금은 인제대의대 흉부외과 교수로 있는 조광현은 서
정시의 본령을 지키려고 한다. 지나친 난해함과 정도 이
상의 장형화, 음악성의 상실로 인해 시가 위기상황으로
치닫고 있음을 아는 시인은 자연과의 합일을 꿈꾸는 한
편, 사람 사이의 감정 교류에 호소하는 낭만적 성향을
지니고 있다.

　　새소리가 왜 고우냐고요
　　그냥 새소리이니까요

　　세상은 사랑하기에 정말 좋은 곳이랍니다

　　이리 오세요 참 좋은 아침입니다
　　커피나 한잔 합시다.
　　　　　　　　　　　　　—「어젯밤의 그 바람이」부분

　　가만히 눈감으면 뿌—연 안갯속
　　어느 먼 행성의 언덕 너머에
　　무슨 지표 하나 아른거리네요
　　본향언가요?

　　어차피 가야 하는데

우리 잠깐 쉬어가면 안 될까요.

—「역방향의 기차를 타고」 부분

오늘날 상당수의 시가 독자와의 소통을 거부한 채 자신만의 성채에서 독백을 하는 경우가 비일비재한데 조광현은 쉬운 어조로, 다정하게, 간단한 말로 뜻을 전하고자 한다. 암시성이나 애매성은 부족하지만 이런 시에 독자는 오히려 더욱 크게 친근감을 느끼게 될 것이다.

내과의원을 하면서 부산의 대표적인 문예지『시와 사상』을 발간하고 있는 김경수는 철학적인 깊이를 지닌 시를 쓰고 있다. 그가 지향하는 세계는 형이하학이 아니라 형이상학이며, 일상성이 아니라 사상성이다.

난초에게 좁은 면적의 말을 던지면
난초는 안개를 뿜어내며
안개에게 말소리도 무게가 있다는 것을 말해준다.
안개보다 정밀하게, 난보다 처절하게
인간들은 자신들 인생의 밝은 면의 무게를 잴 수 있을까?

—「난초에게 말을 걸다」 부분

인생에서 사랑보다 행복한 선물이 있을까?
길 위에 서서 내가 마지막으로 돌아가는 날
나는 제대로 된 인생길을 걸었노라고 말할 수 있을까?
마음이 가난한 사람들만이 빈자貧者에게 손을 내미는

길 위에 서서 우리는 진정 부끄럽지 않을 수 있는가?
　　　　　　　　　　　　—「길 위에 서서 실을 찾는다」 부분

　'인생이란 무엇인가?'라는 질문에 대한 답을 구하려면
철학책 몇 권을 읽어야 하겠지만, 김경수의 시를 읽어도
해결이 되니, 얼마나 쉽고 빠른가. 시인의 답은 '사랑'이
다. "안갯속에서 사랑만큼 어두움을 밝히는 따뜻한 빛은
없다."(「안개와 놀다」)고 한 것도 인생행로에 몰려온 안개
를 물러가게 하는 것은 바로 빛과 온기, 즉 사랑이라는
결론이다.
　부산대의대를 나와서 소아청소년과의원 원장으로 있
는 박강우는 『시와 사상』 주간이기도 한데 대단히 포스
트모던한 시를 쓰고 있다. 형식적인 실험을 하지 않은
「뭉게구름의 비밀」과 「왜」도 애매성과 다의성에 입각한
꽤 난해한 시인데 「익명성과 피상성의 정보미학」은 제목
만큼이나 어렵다.

　　⇑은 평범한 쇠창살이었다
　　폭탄을 안고 ➡이 쇠창살 안에서 터졌다

　　시소가 오르락내리락 웃었다
　　↘↙와 ↗↘로 나뉜 우리는 웃다가

　　또 웃다가

↘↙은 밤이라고 우겼고
↗↘은 낮이라고 우겼다

↺ 이렇게 ⇑을 따돌려야 한다고 우겼고
↻ 이렇게 ➡을 피해야 된다고 우겼다
　　　　　　　—「익명성과 피상성의 정보미학」 부분

　이렇게 시작되는 시는 "⇑은 밤과 낮을 시소에 앉혀
무게를 맞추었고/ ⇑➡↘↙↗↘⇑은 뒤섞여 ⊙이 되었
다"로 끝난다. 의미를 정확하게는 파악하지 못하겠지만
감금과 감시, 권력과 금력, 무기와 술책에 좌우되어 온
세계사에 대한 암담한 진단이라고 어렴풋이 여겨진다.
시가 미로학습을 시키는 것 같아서 당황스럽기도 하지
만 퀴즈풀이처럼 재미있기도 하다.
　동아대병원 정형외과에 근무하고 있는 이규열은 시전
문계간지 『신생』의 편집인이기도 하다. 연작시 「外道」는
시인의 길을 걸어가고 있는 자신을 풍자한 인간풍자시다.

　　다시 쓰기 시작해야 하는 밤이다
　　낮에 걸어온 길에서 벗어나
　　밤이 되어야만 항문과 구강의 위치가 없어지고
　　밤이 되어야만 손과 발의 역할이 불분명해지고
　　주체와 객체의 습관에서 벗어나
　　자아와 무의식의 차이가 없어지고
　　이기와 이타의 순서가 뒤바뀌며

밤이 되어야만 순수와 혼탁이 동시에 들어오고
밤이 되어야만 상처와 치유가 동일시되는
아아 밤이 되어야만 쓸 수 있는
이 지독한 정신적 자위행위는
길을 벗어났지만
언제나 경계에서 머무는
이 찬란한 외도는

外道가 오래되면 正道가 되듯이
오래된 밤은 이미 낮이다
―「外道 1」 전문

　낮에는 가운을 입고 사는 의사이고 밤에는 시인이 된다. 외도를 하는 것이다. 그런데 1993년 이후 외도를 계속하다 보니 이것이 정도가 된 것 같다. 그것을 그는 "아아 밤이 되어야만 쓸 수 있는/ 이 지독한 정신적 자위행위"라고 하였다. 시마詩魔에 들린 것이다. 그래서 "사리와 분별이 탈각된/ 낮에는 보이지 않는 길/ 그 길이 잘못된 길이라 해도/ 이제는 포기할 수가 없"(「外道 2」)는 것이다. "개 같은 시가/ 날아오르자/ 불완전한 삶마저/ 더욱 멀어져 간다"(「外道 3」)고 했다. 시를 쓰기 전에는 건실한 생활인이었는데 시(개 같은 시!)를 쓰면서 밤을 지키는 파수꾼이 되고 말았다. 즐거운 고통을 감내하는 이율배반적인 삶을 이규열은 '외도'로 표현하였다. 이런 외도라면 얼마든지 하고 싶다.

한림대 한강성심병원 산부인과 과장으로 있는 이용우는 시를 통해 인생론 혹은 생명론을 펴고 있다.

사람의 세월도 호박 한 덩어리 같으니
제 살 제 피 다 녹여 씨 얻는 일이
사람이나 늙은 호박이나 무엇이 다른가
사람이 젊은 시간에 제 생명 빚어내듯
호박은 늙은 것이 아니다, 호박은 지금
가장 빛나는 시간의 자리에 당도했다
황금 엉덩이로 튼튼한 가부좌를 틀고서.
                                    —「늙은 호박을 위하여」부분

이제부터 소가 할 수 있는 일은
허물어진 탑의 기단에 걸터앉아
용도폐기 도장 찍힌 삶 반추하는 일
생, 노, 병, 사 4개의 반추 위(胃)에서
한 점의 살, 한 방울의 피까지 꺼내
꾸역꾸역 되새김질하는 일
되새김하며 속수무책 주름지는 일생
아아, 텅 빈 북소리 남자의 헛기침.
                                    —「되새김질하는 一生」부분

우리 사회는 젊은이 혹은 신진에게 지나치게 관대한 반면에 노년은 퇴물로 취급하는 경향이 있다. 산전수전다 겪은 노년의 지혜와 통찰력을 무시하면 사회적으로도 손해인데 그것을 잘 모르는 것이다. 시인은 "호박은 늙은 것이 아니다"라고 역설한다. "사리같이 빛나는 씨앗 얻으려/ 그 살 다 버리고 여기까지 온" 노년의 완숙미에 대한 예찬은 '퇴직, 그 후'라는 부제를 붙인 「되새김질하는 一生」으로 이어진다. 이 땅의 가장을 일만 해온 일소에 빗댄 이 시에서 시인은 노년이 어른으로 대접받는 세상이 오기를 꿈꾸고 있다. 고령화 사회가 된 우리나라에서는 이 문제가 앞으로 더욱 심각해질 것이다.

전남대의대를 나와 고려대의대에서 박사학위를 받고 현재 안과의원 원장으로 있는 장원의는 시야를 먼 곳으로 둔다. 사람은 먼 지평을 보아야 눈이 좋아지는 것을 시로써 말해주고 있는 듯하다.

> 구도의 길도 대상의 길도
> 열사에서 열사로 이어지는 고행의 길
> 옛 분들 족적을 따라 밟은
> 나그네 발걸음도 무겁기만 하다
>
> —「실크로드」 제2연

> 천 년 전 2,500개의 탑을 세우고 공덕을 쌓아
> 극락왕생을 빌던 중생들이나
> 서방정토를 꿈꾸던 왕조는
> 희미한 역사의 한 페이지일 뿐

번뇌를 씻으려는 고행보다
인생의 무상함에 숙연한 마음 안고
길게 늘어진 탑의 그림자 밟으며
나그네는 발길을 돌린다.
—「바간(Bagan)/미얀마」제2, 3연

실크로드에 가보면 "모래바람으로 풍장한 영혼들"을
만날 수 있는데 그 사막의 모래바람 자체가 "귀로는 동
냥할 수 없는/ 선열들의 말씀"이다. 바간은 상미얀마 중
부에 있는 도시 이름인데 황금빛 탑 등 불교 탑들이 엄
청나게 많은 모양이다. 다 무엇인가를 비원하며 쌓은 탑
들일 텐데 지금은 서방정토를 꿈꾸던 왕조조차도 희미
한 역사의 한 페이지일 뿐이다. 세월 앞에 장사 없고 꽃
이 예뻐도 화무십일홍이다. 해외여행을 하면서 우리는
사진을 찍기에 바쁜데 이처럼 장원의 시인은 인생무상
혹은 제행무상을 느낀다. 다듬잇돌을 시적 대상으로 삼
아 "씨줄 날줄 인고의 세월/ 활같이 구부러진 허리/ 물
빨래처럼 쭈글쭈글한 어머니의 얼굴"을 떠올려본 것도
시인의 시간관을 엿보게 한다.

서울대의대를 나온 내분비내과 전문의인 유담은 현재
한림대의대에 재직하고 있다. 시적 대상이나 사물에 대
해 평면적인 묘사를 하지 않고 그것의 이면을 들여다보
면서 끈질기게 관찰하는 특징을 보여주고 있다. 시가 아
주 철학적이고 사색적이다.

귀머거리로 돌아다니다
그 노래에 닿아 자리를 폈다

먼저 나선 리듬이 뒤따르는 리듬더러
앞서 내민 발등에 허리를 얹고
그 허리에 가슴을 휘감아
자리에서 구르라고 속삭인다
리듬에 듬뿍 섞여 구르라고
                  ―「습관의 진화」 제1, 2연

　제목부터 뜻 파악이 잘 안 되는 귀머거리가 듣는 노래
라니, 모순된 표현에 초장부터 바짝 긴장하게 된다. 우
리는 습관이나 버릇을 갖고 사는데, 그것이 자연의 이치
에 어긋나거나 세상의 상식에서 벗어나도 모른 채 살아
가게 된다. 아예 습관이 진화를 한다. 나의 잣대로 세상
을 보는 것이 위험하지만 우리는 그 위험을 제대로 인식
하지 못한다.

시계 반대방향으로 돌아야 안전하다
노래도 거꾸로 듣고 불러야 순하다
눈 내리고 낙엽 지고 소나기 부어
꽃 피고 돋는 싹
                  ―「스케이트를 틀다」 제3연

스케이트는 신는 것인데 음악과도 같이 '튼다'라고 표현하였다. 시계방향으로 돌아야 안전함을 느끼는 사람이 있고 시계 반대방향으로 돌아야 안전함을 느끼는 사람이 있는데 우리는 우리 관점에서 남의 행위를 탓하며 살아간다. 그렇게 하지 말아야 한다는 것이 유담 시인의 생각이 아닐까. "내가 본 것은 불이었다/ 겹겹이 뚫고 나와 웅성거리는/ 고생대의 불씨들", "만발에 지쳐/ 타다 남은 가을보다/ 더 사무치는/ 별똥별들"(「가을 능소화」) 같은 훌륭한 표현을 자주 만나게 되기를 바란다.

　서홍관 시인은 한국의 대표적인 의사 시인이다. 일찍이 창작과비평사에서 『어여쁜 꽃씨 하나』를 내어 시단의 주목을 받은 이래 실천문학사에서 『지금은 깊은 밤인가』와 문학동네에서 『어머니 알통』을 낸 중견시인이다. 시집 외에도 번역서와 수필집, 아동용 전기 『전염병을 물리친 빠스뙤르』 등 전방위적 글쓰기를 하고 있는데, 의사로서의 서황관은 서울대의대 출신으로 2011년부터 국립암센터 국가암관리사업 본부장으로 있다.

　최신작은 해외여행의 산물이다. 베니스의 산마르코 광장에서 만난 이국 청년과 히말라야 랑탕 계곡에서 만난 아주머니가 시의 소재가 된다. 「산마르코 광장」에 나오는 '너'는 "산타 루치아를 부르는 베네치아 청년"과 동일인인지 아닌지는 잘 모르겠는데, 아무튼 작별을 아쉬워하는 장면이 무척 애처롭다. 회자정리라고, 사람과 사람은 만나면 반드시 헤어지게 되어 있다. 탄생은 또 하나

의 죽음을 위한 첫출발이며, 백년해로의 끝은 사별이 아
닌가. 히말라야 랑탕 계곡에서 만난 아주머니와의 사연
은 몹시도 안타깝다.

> 집을 짓는 여인네와 집터를 잘 찍고
> 아예 여동생까지 가족사진을 찍은 뒤
> 전화번호를 적어 왔다.
>
> ―「랑탕 계곡에서 생긴 일」제3연

한국에 가서 돈 벌고 있는 아들에게 전해달라는 부탁
을 받고 사진을 여러 장 찍어왔는데 웬걸, 인천공항에
내려 집으로 가는 길에 여인네의 아들에게 전화를 걸었
더니 전화번호가 결번이라고 한다. 생이란 이런 것이다.
어긋나고 엇갈린다. 뜻대로 안 되는 것이다. 학교 생활
지도교사의 삶도 마찬가지다. "늬들 담배가 얼마나 해로
운데 담배를 펴?" 하고 말하지만 곧바로 "선생님도 피시
잖아요?" 하는 반격에 부딪힌다. 학생들 앞에서 담배를
피울 수 없어 차를 몰고 학교 밖으로 나가서 멀리 돌면
서 차 안에서 한 대씩 피우는 교사 역시 뜻대로 안 되는
삶을 영위해가는 이 땅의 장삼이사 중 한 사람이다. 서
홍관은 앞으로는 이렇듯 우연과 필연이 야기한 희비쌍
곡선을 시의 화폭에다 담을 것 같다.

이상 26명 의사 시인의 시를 주마가편 식으로 읽었다.
현직의사들이 쓴 시들이라 대충 아마추어리즘에 입각한

어설픈 시들일 것이라는 나의 선입견은, 시 몇 편을 읽으면서 여지없이 깨지고 말았다. 진료실이나 수술실은 우리 문학의 세계에서는 미지의, 미답의 공간이었다. 앞으로 한국의사시인협회 회원들의 작업이 더욱 활발히 전개되어 이 공간에서 보고 느끼고 꿈꾼 사연들이 멋진 시가 되어 우리 독자들 앞에 펼쳐질 것을 바라고 기대하는 바이다.

'환자는 텍스트'라고 다니엘은 말한다. 진단과정을 통해 의사는 환자의 호소와 증상과 검사소견을 살피는 문학적 해석활동을 한다는 뜻이다.

그렇다. "진정한 의학은 인간에 대한 심오한 이해에 관점을 두고 있다는 점에서 시詩와 깊이 닿아 있다. 따라서 시와 의학의 융합은 직관, 상상력 그리고 창의적 공감을 바탕으로 서로를 풍부하게 한다. 그러나 현실은 의학과 시가 과학과 예술로 구분되어 각각의 영토에 제각기 놓여 있을 뿐이다. 이러한 상황은 의학과 시의 사이에 놓여있는 고급스러운 구별을 헐어내고 사귀어 서로 오가는 통섭通涉의 능력을 갖춘 의사시인의 능동적 역할을 요구하고 있다."(창립취지문에서, 2012. 6. 9.)

이에 의사시인들의 온전한 해석활동을 두 번째 시집 『환자가 경전이다』에 담으며 회원과 의사시인회를 사랑하는 모든 이들과 함께 기뻐한다.

빛나는 해설을 흔쾌히 허락하신 이승하 교수님, 옥고를 주신 회원들, 기획에서 간행까지 모든 채비에 성심을 아끼지 않은 총무 김연종 시인, 간행이사 홍지헌 시인, 학술이사 황건 시인, 문학청춘 주간 김영탁 시인께 감사한다.

2014년 6월
한국의사시인회 회장 유담